박석환
판타지 장편 소설

마법체계

Magic System

마법체계 4

박석환 판타지 장편 소설

초판 1쇄 찍은 날 § 2007년 3월 30일
초판 1쇄 펴낸 날 § 2007년 4월 10일

지은이 § 박석환
펴낸이 § 서경석

편집장 § 문혜영
편집책임 § 유경화
편집 § 최하나 · 문정흠

펴낸곳 § 도서출판 청어람
등록번호 § 제1081-1-89호
등록일자 § 1999. 5. 31
어람번호 § 제1-0814호

주소 § 경기도 부천시 원미구 심곡1동 350-1 남성B/D 3F (우) 420-011
전화 § 032-656-4452 팩스 § 032-656-4453
http://www.chungeoram.com
E-mail § eoram99@chollian.net

ISBN 978-89-251-0625-0 04810
ISBN 89-251-0453-9 (세트)

박석환
판타지 장편 소설

마법체계
Magic System

4 [검은 그림자의 습격]
FANTASY FRONTIER SPIRIT

청어람
도서출판

Contents

Chapter 32

마법체계의 초월

1

"해… 해제시키는 방법은 없습니까?"

"방법이… 하나 있긴 있지."

나는 거칠게 숨을 몰아 쉬었다.

실로 까마득한 절망감 속에서 한줄기 빛을 본 심정이었다.

"그러나 불가능에 가깝다."

그의 충격적인 말에 나는 격정적으로 소리쳤다.

"불가능이라니요?!"

나는 극도로 흥분된 상태라 눈이 뒤집힐 지경이었다.

그럴 리가 없어!

고개를 저으며 최대한 냉정을 찾으려 했다.

이런 식의 허무한 끝을 보고자 여기까지 기어왔는 줄 알아? 네놈이 분명 더러운 거짓을 말하고 있는 게 틀림없어!

하지만……

사람의 마음이란 본래 형태가 없는 것이다.

그만큼 무너지기도 쉬웠다.

나는 초조함의 한계를 느끼며 그렇게 감정의 끝에 서 있었다.

"그 방법이라는 게 무엇입니까? 분명 방법이 있다고 하지 않으셨습니까!"

두근두근!

심장 뛰는 소리가 귀청을 무겁게 때린다.

뜨겁게 타오르는 심장은 긴장감 때문에 폭발할 것처럼 격렬하게 뛰었다.

그가 드디어 입을 연다.

"2천 체계를… 넘어서야 한다. 그것도……."

그는 완전히 체념한 시선으로 말을 이었다.

"두 달 안에."

침체된 표정을 짓던 이클레이드가 이내 나를 외면했다.

나는 넋이 나간 채로 중얼거리듯 물었다.

"불가능한 체계입니까?"

이클레이드가 비웃었다.

"2천 체계가 네가 지금껏 해온 마법과 같은 줄 아느냐? 지금까지는 걸음마였어! 2천 체계란 하늘을 찢고 땅을 가르는 대마법이다. 네가 무슨 수로 단시간에 그런 경지에 도달하겠느냐!"

벼락이 온몸을 훑고 지나간 기분이었다.

정신적 충격에 사로잡힌 난 휘청거리며 뒤로 물러났다.

멍한 시선으로 이클레이드의 발끝을 보았다.

그의 발 주위로는 연신 물결처럼 작은 마나의 파동이 일고 있었다.

천천히 그를 올려다보았다.

그와 눈을 마주친 순간 소름이 쫙 끼쳤다.

나는 찰나지만 이클레이드의 탐욕의 눈동자를 읽었다.

그래, 분명 그가 말했다. 일시적이지만 순간적으로 마법체계 능력이 대폭 상승될 거라고. 그 극한의 한계에 다다랐을 때 아마도 그는 내 심장을 노릴 것이다.

흡수하겠지.

먹어치우겠지!

하지만 그런 만큼 내게도 가능성이 열려. 본랜의 싱장 속도라면 당연히 무리다. 하지만 일시적으로 대폭적인 마법체계의 상승이 있다고 했다.

그 순간을 노려 최대한 노력한다면 기회는 열릴지도 모른다.

일말의 희망이 가슴 위로 차올랐다.

어차피 막장의 상황.

앞뒤 잴 것 없이 시도한다.

"2천 체계. 한번 도전해 보겠습니다."

"끌끌, 배포 한번 좋구나."

그는 로브 자락을 펄럭이며 서류 더미가 쌓여 있는 곳으로 휘적휘적 걸어갔다. 그리고 그곳에 앉아 하얀 종이 위에 무언가를 적었다.

그 종이는 곧장 테이블의 서랍 안으로 들어갔다.

테이블 위에 팔을 얹은 이클레이드가 나를 직시했다.

그의 걸걸한 목소리가 내 귀와 심장, 그리고 가슴을 파헤치는 것만 같았다.

"모래시계가 흐르는 유효 시간은 정확히 두 달. 내 모든 마법체계의 공부를 너에게 전해주겠다. 너도 알다시피 마법체계란 너무도 커다란 힘. 하여, 어차피 그 힘을 시험할 곳이 이 왕국 내에는 없으니 나라를 위하여 마법을 씀이 어떠하냐?"

"공을… 세우란 말씀이십니까?"

"그렇지."

이클레이드가 싱긋 웃으며 고개를 끄덕였다.

갑작스레 부드러워졌다.

표정도, 인상도, 말투도.

그것은 나에게 무서운 위험 신호다. 마치 어린아이가 익숙치 않은 큰 검을 손에 쥔 것처럼 위태위태한 기분이다.

그는 언제라도 기회만 되면 내 목을 칠 사신 같았다.

섬뜩하기 그지없다.

가식적인 등불이 그의 눈동자를 밝힌다.

마치 어둠 속에서 빛나는 짐승의 눈빛 같았다.

한쪽 측면으로민 본다면 마치 내 등에 날개를 달아주려는 것처럼 보이지만, 그 날개는 불에 타오르고 있는 날개.

그 하얀 날개는 한순간에 재가 되어버려 나를 추락하게 만들 것이다.

그러나 여기까지 온 이상 포기할 수 없어.

나는 눈을 번쩍였다.

살아남기 위한 본능적인 짐승의 눈빛처럼 내 눈동자는 그렇게 희번득거리고 있었다.

"가르침을 부탁드립니다."

나는 자존심을 한풀 꺾고 고개를 숙였다.

이클레이드가 거만한 눈빛으로 나를 내려다보았다. 온몸의 벌레가 스멀스멀 기어가는 느낌이었다. 그에게 고개를 숙인다는 것 자체가 내 프라이드가 썩어가는 통증을 주었나. 하지만 감정적인 마음으로 지금까지 쌓아온 공을 발로 차버릴 순 없었다.

그런 멍청한 짓을 할 정도로 나는 어리석지 않다.

적어도 야망을 가졌다면. 그래, 어차피 크게 벌린 일.

그 과정이 순탄치 않을 거라는 것 정도는 예상했어.

참아라! 참아라, 로크!

그를 내 발아래에 쓰러뜨릴 수 있을 때까지.

그 시기를 기다려!

"천천히라는 말은 할 수가 없겠군."

그래, 동감한다.

시간이 없다.

지금부터 시간은 금이다!

마법을 잃을 순 없어!

체계의 마법은 내 전부다.

당신이 내 핏덩어리 심장을 원하는 한 마리의 짐승일지언정 목표를 위해 내 자존심 하나 버리지 못하겠는가.

"물론입니다."

"내일부터 총력을 다하도록!"

"예!"

고개를 숙인 내 얼굴에 무거운 눈빛이 자리잡혔다.

그동안의 행적이 주마등처럼 머릿속을 스치고 지나갔다.

  *   *   *

철컥—

문을 열고 방으로 들어선 나는 뻐근한 목을 주무르며 테이블 옆에 쌓인 흰 마법체계서를 바라보았다.

나는 그 물건을 테이블 위에 올려놓았다.

꽤 낡아서 올려놓자 자욱한 먼지가 일었다.

한차례 손으로 먼지를 물린 후 의자에 앉았다.

창문 밖을 보니 완전히 어두워져 달빛만이 은은하게 비춰지고 있었다. 은빛기사단과 앞으로의 내 계획에 대한 생각을 정리하던 차에 노크 소리가 들렸다.

나는 피곤함을 느껴 검지와 엄지로 눈 사이를 짚으며 손님을 맞았다.

"들어오십시오."

"베놈입니다."

조용히 안으로 들어온 그가 심상찮은 표정으로 나를 본다.

"이 시각에 웬일이야?"

내 눈이 날카롭게 그에게로 향했다.

베놈의 오른손에는 웬 화살이 하나 들려져 있었다. 그리고 그 화살에는 종이 하나가 단단한 끈에 묶여져 있었다.

베놈이 성큼성큼 걸어와 내게 그 화살을 건넸다. 종이를 받아 펼쳐 보니 깔끔한 문체의 글자가 유려하게 드러났다.

나는 그 선명한 잉크조차 체 마르지 않은 글을 읽었다.

To. 로크.

도서관 (B—54).

검붉은 표지의 체계론을 찾아라.
그리고 그것을 다 읽은 후에 나를 찾아오너라.

ps. 가는 길을 첨부하마.

이클레이드.

"어떤 경로로 네 손에 들어온 거야?"

"누가 화살을 쏘더군요. 절 조준한 건 아니었고, 제 근처 벽에 꽂혔습니다. 그래서 확인해 보니 로크님에게 전하려는 메시지더군요."

"접근 방식이 좀 이상한데?"

"그러게 말입니다."

"하지만 왕궁 안에 자객이 있다는 건 사실상 거의 불가능해. 침입자를 막는 마법진에 왕궁 내에 내가 모르는 수비벽만 해도 거의 완벽하다고 들었으니까."

"그러면 크게 위험한 수신은 아닌 것 같군요. 이클레이드님이 맞는 것도 같습니다."

나는 고개를 끄덕이며 지체없이 곧장 일어나 도서관으로 향했다. 빠른 걸음으로 단숨에 도서관에 도착한 나는 관리자의 도움을 거절하고 작은 지도에 아주 상세하게 그려져 있는 것을 보고 서둘러 길을 찾았다.

그리고 잠시 후, 유독 눈에 띄어 찾기 쉬운 검붉은 표지의 책을 찾을 수 있었다. 그 책을 집기 위해 손을 내밀 때, 푸른 파동이 순간적으로 빛처럼 퍼져 나갔다. 그리곤 마치 잠에서 깨어난 것처럼 몽롱한 기분에 취했다.

그 상태에서 무의식적으로 재차 책을 집었는데, 갑자기 끔찍한 느낌이 팔을 타고 올라왔다. 나는 굉장히 놀라 그만 책을 바닥 아래로 떨어뜨렸다.

털썩!

"……."

나는 침을 꿀꺽 삼키고 눈을 몇 번 깜박이다가 꽤 긴장한 상태로 다시 책을 집었다.

책은 아주 두꺼웠다.

한 손으로 겨우 잡을 만큼 두꺼웠다.

무거운 책을 훑어보았다.

역시나 마법체계의 아주 위험한 수위를 담은 체계론.

나는 서둘러 도서관을 빠져나와 내 방, 아니, 이클레이드의 방이었던 곳으로 돌아왔다.

그리고 그 순간부터 시간은 무섭도록 빠르게 흘러가기 시작했다. 모래시계가 내 발아래에서부터 쌓여가고 있었다. 그 모래가 나를 넘어섰을 때, 아마 거세게 두근거리며 뛰고 있는 이 심장은 정지할 것이다.

"큭큭."

불쑥 웃음이 나왔다.

마법을 잃은 순간부터 나는 삶의 의미를 잃는다.

지금부터가 내 인생의 가장 큰 난관.

"목숨, 그 이상을 걸어야 한다!"

씹어 내뱉듯 의미심장하게 말을 내뱉은 나는 강렬하게 눈을 번뜩였다.

마법은 내 목숨!

그 이외의 의미는 부여할 여유가 없었다.

다음날 아침, 침침한 눈을 몇 번 깜빡였다.

눈을 비벼도 시선이 흐릿했다.

날을 꼴딱 샜다.

도저히 잠이 오질 않았다.

잠에 빠지는 순간 어두운 심연의 깊이에 빠져들어 헤어나올 수 없을 것만 같은 불안감이 미묘하게 나를 수면으로부터 잡아놓고 있었던 것이다.

턱을 움직여 굳어진 안면을 풀었다.

자리에서 일어나자 몸에서 뿌드득거리는 소리가 났다. 하루 새벽 동안 숨도 쉬지 않고 내 머리보다 두꺼운 체계론을 읽었다. 그러나 아직 절반도 채 못 읽었다.

어렵다. 그리고 무서웠다.

너무나 깊은 체계라 내 영혼마저 체계의 손길에 닿을 것만 같았다. 너무도 공포스럽고 어려운 체계. 체계 마법이 이토록 무서울 거라고는 상상도 못했다.

앞으로 내가 쓰게 될 마법은 마법이 아니다.

나는 분명 그렇게 느꼈다.

인간을 초월하는 단계.

신에 범접하는 단계.

그걸 시도한다는 것 자체가 신의 엄벌을 받을 것만 같은 두려움을 주고 있다. 그런데 나는 지금 그걸 읽고 있었다.

그것도 필사적으로.

가늘게 떨리고 있는 손으로 책을 쓸었다.

먼지 하나 없이 깨끗한 책이다.

어릴 적 기억이 되살아났다.

징그러운 기억이 뇌리를 찌른다.

나는 고개를 흔들었다.

그 지독했던 지식 수련이 다시 시작되는 것처럼 느껴졌다. 그러나 나는 지금의 이 일련의 과정을 극복하지 않으면 외면하는 세상으로부터 철저히 혼자가 되어 침몰할 것이다.

구질구질하게는 살기가 싫었어!

더럽고 추악한 세상으로부터 벗어나기 위해 그 누구보다 노력했고, 세상을 향해 지독히도 이를 꽉 깨물고 여기까지 걸어왔다.

'위기를 기회로 만들라!'

마이크론 노트스 백작의 명언이 내 가슴으로 파고들었다.

나는 창문을 활짝 열어 충혈된 눈으로 하늘을 보았다.

하얀 구름에 푸른 하늘.

나는 어지러워진 마음속을 한차례 정리한 후에야 눈을 떴다. 그러고 보니 마법체계 이전에 해두어야 할 일이 하나 있었다.

바람이 차다.

두터운 재킷을 걸치고 밖으로 나가자 때마침 멀리서 베놈이 뛰어오고 있었다.

* * *

"이거 원, 크릉. 개미 새끼 한 마리 없군요."

베놈이 툴툴거리다가 어이가 없는지 피식 웃었다.

수많은 은빛기사단 단원 중 단 한 명도 나타나지 않았다.

"조금 의외군. 이런 쪽으론 이리도 단합이 잘되는지 몰랐어. 적어도 두세 명은 나올 거라 생각했는데."

"클클크릉."

베놈이 특유의 소리로 웃었다.

"웃음 소리가 왜 그래?"

"오크잖습니까."

"오크는 다 그렇게 웃나?"

"음, 녀석들이 웃는 모습이 잘 기억나지 않는군요. 크릉."

"그 웃음소리 재밌군."

"그러고 보니 제가 웃었던 적이 없는 것 같군요. 짐승이라 그런지 웃는 게 제 자신도 조금은 어색합니다."

"인간노 심승이다."

"그렇긴 하지요. 하지만 인간은 아주 이성적인 동물. 동물이라는 이름이 더 잘 어울리겠습니다."

"때론 그 이성이 가장 필요한 본능을 덮어버리곤 하지."

베놈이 나를 의아하다는 얼굴로 쳐다봤다.

"앞으로 내가 조금 이상하게 보일 거야. 하나의 전략 구도라고 짐작만 해. 자세하게 알 필요는 없다."

베놈은 군말없이 내 말에 동조했다.

"예."

나는 눈을 지그시 감고 결단의 의지를 품은 후, 대제의 왕궁으로 성큼성큼 걸어갔다.

2

하늘이 어깨를 짓누르는 무게가 이러할까.

마치 거대한 성처럼 굳건히 자리를 유지하고 있었다.

대제는 그런 느낌이었다.

한 나라의 국왕이라는 이 사람은 과연 세상을 어떤 시각으로 보고 있는 걸까? 나는 그를 마주 보면서 많은 생각을 했다. 하지만 지금은 그런 생각에 취해 있을 시간이 없었다.

목숨이 달려 있는 문제다.

"날 찾아온 이유가 뭔가?"

그가 단도직입적으로 물었다.

압도적인 카리스마.

사실 그의 서재에서 개인적인 면담을 가지게 된 나는 상당히 긴장한 상태였다. 모르긴 몰라도 그의 무위는 이클레이드에 버금가는 정도라 들었고, 또한 지금 이 순간에도 그렇게 느끼고 있었다.

내가 지금 느끼고 있는 압박감은 가슴 언저리에 내 몸무게보다 무거운 돌덩어리를 얹어놓은 기분이었다. 그 정도로 그와 함께 있는 지금의 공기가 무겁다는 소리다.

들리는 소문으로는 이 국왕이 그랜드 마스터라는 소리까지 들렸다. 확실히 서 있는 자세만 보아도 빈틈을 찾을 수 없었다. 어떠한 식으로 공격을 들어가도 막아낼 것 같은 완벽한 자세.

나는 손에 난 땀을 감추려 주먹을 꽉 쥐었다.

"전하께서는 제게 은빛기사단의 윗자리를 맡기셨습니다."

그는 김이 나는 차를 들어 입으로 가져갔다.

"그랬지."

"결정을 내리기 전에 전하께 허락을 받고 싶었습니다."

국왕이 걸죽한 목소리로 혀를 찼다.

"자네가 결정한 대로 일을 진행시켜야지 나에게 허락을 구하다니? 그 무슨 소심한 행태인가."

"은빛기사단을 폐지하겠습니다."

한쪽 입꼬리를 올리며 웃은 그가 내 눈을 응시했다.

심문에 가까운 시선이었다.

"그들은 실력이 출중한 아주 훌륭한 기사들이다. 굳이 그렇게까지 할 이유는?"

"실력이 출중하여도 정신이 썩은 자들과는 함께할 수 없습니다."

"그대는 군대를 이끄는 총책임자다. 앞으로 그런 일이 생기면 항상 이런 식으로 마무리할 텐가?"

"은빛기사단을 폐지하고 새로이 제 방식대로 빛의 기사단을 만들 생각입니다."

"빛의 기사단의 조건에 은빛기사단의 일원도 참가가 가능한지 모르겠군."

"물론입니다. 참가만 한다면 새로이 인품과 실력을 재확인할 생각입니다."

그는 소리없이 크게 웃었다.

"나쁘지 않구먼."

"나라를 위한 공을 헛되이 쌓을 수야 없지요. 최선을 다해 바이슨 왕국에 영광을 바치겠습니다."

"끌끌, 생각이 아주 훌륭해."

"과찬이십니다."

"내게 할 말은 그것뿐인가?"

"예, 국왕 전하."

"그럼 이제 내가 질문을 하나 할 차례로군."

그는 긴 백발을 뒤로 쓸어 넘기며 의자에서 일어섰다. 서랍을 열어 하얀 봉투를 꺼내어 내게 건넸다. 그걸 받아 든 내가 국왕을 보자 그는 손짓하며 재촉했다.

"열어보게."

글을 다 읽은 후, 내 손은 불안감과 두려움이 결합된 감정으로 나타났다.

가늘지만 무겁게 내 손이 떨리고 있었다.

"자네는… 브로크웨이라는 존재들과 꽤 크게 엮여 있는 모양이야."

내가 답을 하지 못하고 머뭇거리자 그가 창문 밖 풍경을 바라보며 말했다.

"첫 임무네. 소리없이 다가오고 있는 그 녀석들을……."

살기가 온몸으로 파고들었다.

"모두 제거하게나."

나는 고개를 숙였다.

"…알겠습니다."

"우리의 대화는 여기까지가 좋겠어. 그만 나가보게. 다시 볼 때… 짐은 자네가 살아 있었으면 좋겠네."

그의 옆모습을 보았다.

난 엷게 웃고 있는 그 소름 끼치는 웃음에 분노와 두려움이 공존된 기분을 느껴야 했다.

말의 의미인즉슨 그곳에서 죽든가, 성과를 가져오든가 둘 중 하나를 택하라는 것이다.

서재에 나온 내 걸음은 한없이 무거웠다.

복잡한 상황이 파노라마처럼 머릿속을 헤집었다. 어쩌면 생각보다 왕실 권력의 길을 걷는 게 난해해질지도 모르겠어.

3

은빛기사단의 폐지라는 공고가 뜨자마자 역시나 뜨거운 반응이 나타났다. 기사단 전원이 내 방 앞으로 몰려와 시위하듯 문을 두드린 것이다.

"배울 만큼 배운 것들이 저런 꼴이라니."

나는 혀를 차며 읽던 체계서들을 한쪽으로 정리했다. 작고 빽빽한 글자들이 신경증을 유발시키고 있어 짜증나던 참인데, 이젠 별 벌레 같은 것들이 나를 귀찮게 하다니.

관자놀이를 눌렀다.

머리가 지끈지끈하다.

워낙 방대한 양이 머릿속으로 들어오다 보니 뇌가 감당할 수 있는 수준이 아니었다. 현기증을 느낀 것인지 약간 비틀거리는 걸음으로 걸어가 문을 열었다.

웅성웅성!

얼굴이 시뻘겋게 달아오른 기사단들의 외침이 귀가 아프도록 내 얼굴을 향해 쏟아졌다.

"대체 무슨 짓이오?! 당신이 뭔데 오랜 전통의 은빛기사단을 폐지한단 말이오!"

씩씩거리는 그의 눈을 한동안 바라보았다.

나는 그들이 떠들다 지칠 때까지 서 있었다.

"그렇게 멍청히 서 있지만 말고 무슨 말이라도 해보란 말이야, 이 자식아!"

콰앙—!

그의 주먹이 좌측 벽면을 때렸다.

힘이 좋은지 벽에 금이 갔다.

나는 안타까운 시선으로 벽을 바라보다가 그들을 보았다.

한심하다 못해 안쓰러울 정도로 시간을 낭비하는 인간들이로다.

"얼마나 처먹고 놀았는지 대부분이 몸에 군살들이 많구나. 아무리 귀족이라도 작위를 받았으면 그에 해당하는 밥값을 해야 할 게 아닌가. 형편없는 자를 내 아래에 두기 싫어 국왕 전하의 허락을 받아 그대들을 잘라냈으니, 더 이상의 항의는 없었으면 좋겠어."

"뭐… 뭐라?!"

그가 검을 꺼내려는 것을 긴 검은 머리의 사내가 말렸다. 아주 조각 같은 외모에 창백할 정도로 하얀 얼굴의 사내였다. 상당히 젊어 보이는 자다.

그야말로 기사라는 이름에 가장 잘 어울리는 외관.

그의 커다랗고 검은 눈동자를 정면으로 받으면서 나는 시니컬하게 입을 열었다.

"나는 그대들의 상관이다. 예의를 갖추어라."

"예의 같은 소리하고 있네! 당장 은빛기사단 자리를 돌려 놓지 못해?! 우리에겐 그 무엇보다 의미가 깊은 집단이란 말이다!"

새파랗게 어린 곱슬머리 녀석이 눈을 치켜뜨고 나를 노려 보는 꼴이란 정말이지 견디기 어려웠다. 지금 그들은 예전의 그 명망 높은 전통이라는 게 있었는지조차 의심하게 만드는 모습이었다.

"은빛기사단이라는 이름에 먹칠을 할 바에는 폐지되는 것이 가문을 위해서도 바람직한 일일 것이다."

"말씀이 지나치십니다."

내 앞의 이 검은 눈동자의 사내.

왠지 모르게 익숙한 느낌이 들었다.

마치 데자뷰 같은.

그런 감각이었다.

나와 같은 검은 눈동자에 검은 머리카락을 가지고 있어서 일까? 거리가 있으면서도 친근감이 느껴지는 그런 느낌.

하지만 기분이 좀 나쁘면서 불쾌한 느낌도 들었다.

미묘(微妙).

나는 입술을 깨어물면서 넌지시 말을 던졌다.

"새로운 기사단을 창립한다. 은빛기사단은 완전히 폐지되었고, 만약 내가 새로이 만드는 기사단에 들어오고 싶다면 지원해도 좋다. 단, 예전의 정신 상태를 말끔하게 정리한 녀석들만이 들어올 수 있다는 것을 명심하도록."

"흥! 그딴 곳에 누가 들어갈 것 같냐?! 아무도 안 들어가!"

"나 역시 무능력한 자는 받아들일 용의가 없다. 이런 곳에서 의미없는 시위를 할 시간이 있으면 조금이라도 더 유용하게 시간을 투자해 앞으론 자신의 가치를 높이는 데 힘쓰도록 하라."

나는 쓰레기 보듯 그들을 둘러보았다.

정말이지 이렇게 쉽게 포기하고 될 대로 되라는 식으로 사는 녀석들을 보고 있노라면 나까지 힘이 빠지는 것만 같아 분노보다 증오의 감정이 앞선다.

'상대하기 싫어.'

문을 잡고 닫으려는 순간, 검은 눈동자의 사내, 그가 검을 꺼냈다. 그리곤 그것을 바닥의 회색 대리석에 꽂아 넣었다.

상당한 오러력을 컨트롤하는 것인지 검은 쉽게 박혀 들어갔다. 무시 못할 실력이라는 것을 과시라도 하듯이 대리석에 박혀 들어간 검에서는 하얀 수증기 같은 것이 피어올랐다.

"그 기사단, 제가 먼저 들어가겠습니다."

도발적인 시선으로 마치 도전하는 듯한 눈빛이었다.

"인품과 인격, 그리고 실력. 이 세 가지가 모두 인정되었을 때 내 아래로 들어오는 것을 인정한다. 머릿속에 들어 있는 그동안의 모든 과거를 지웠을 때 나를 찾아오라."

문을 닫자 여지없이 시끄러워졌다.

아마 그 검은 눈동자의 사내에게 떨어지는 질책의 말들이겠지. 그래도 그나마 자신의 현실을 가장 정확하게 인지하고 있는 녀석이 하나쯤은… 있었던 모양이군.

나는 고개를 설레설레 서으며 체계서가 무섭도록 쌓여 있는 책상으로 걸어갔다.

*   *   *

화창한 날, 나는 연무장에 도착했다.

아침이라 공기가 맑았고, 무엇보다 마법을 발휘하기에는 최적의 환경이었다. 마나 역시 충만하기 그지없었다. 마나의 양을 늘려주는 아이템마저 있었기에 이보다 수련에 좋은 곳은 없을 듯했다.

"굉장하잖아, 이거?"

이클레이드의 실력을 도저히 부정할 수 없었다.

그가 체계를 실험할 수 있는 장소를 마련해 놓은 것을 보고 나는 혀를 내둘렀다.

진짜 인간 같지 않은 인간.

어떻게 마법으로 자신이 아닌 물체에 보존 바리어를 씌울 수 있단 말인가? 그것도 500페토(평) 연무장을 가득 채울 바리어를!

이런 게 가능했다면 진즉에 내가 공을 세울 필요도 없이 내게 알려줬어야지. 하여튼 일을 벌이는 짓이 교활하기 그지없으며, 무슨 속셈인지 드러내지도 않는 능구렁이 중의 능구렁이다.

나는 거만하게 쳐다보고 있는 그를 보면서 입술을 잘근잘근 씹었다. 가장 큰 걸림돌은 브로크웨이도 아닌 바로 저 악독한 이클레이드였다. 내 심장을 노리는 가장 거대한 짐승이 바로 저 녀석이니까.

늙어빠진 자식이 이제 그만 죽으면 될 것을, 어찌 더럽게 살아남아 생명을 탐한단 말인가!

그것은 자신이 인간으로서의 본질을 버리는 것이나 다름없었다. 어쩌면 지금도 인간이라고 할 수 없을 놈인지도 모르지.

그동안 얼마나 많은 심장의 피를 빨아먹었을까.

흡혈귀가 가장 경계할 대상이 바로 네놈이야.

"어서 시작하지 않고 뭘 꾸물거리느냐?!"

"머리를 비우는 중입니다."

"흥! 빨리하거라."

그도 내 실력의 범위를 지금은 잘 모르는지라 애가 타는 모양이다. 하루 빨리 잡아먹고 싶겠지만, 그럴 일은 아마 없을 거야.

이 짐승 같은 노인네야.

피타이네스 2공식의 결합 법칙.

아이네스는 마나의 흐름을 그렌토르의 길로 인도.

그에 마법체계의 급수에 신의 힘이 덧씌워지리라.

양팔을 빌리며 고개를 천천히 늘었다.

증폭된 마나를 받아들이자 심장이 뛰는 속도가 점차 빨라지기 시작했다. 이에 호흡도 조금 가빠졌다. 나는 굵은 침을 한 번 삼키는 즉시 연이은 마법체계의 주문을 외워 나갔다.

광활한 대지여.

드높고 화려한 창공이여.

대자연의 힘을 빌어 그 위대한 힘을 이끌어내나니.

1,200체계!

"나카스의 얼음 폭풍[Nacas's Ice Strom]!"

1,200체계를 사용하는 즉시 주위 온도는 단숨에 영하로 떨어져 내렸다. 입에서 하얀 연기가 나오며 얼굴이 얼어붙을 정도로 차가운 온도로 변했다. 그리고 마력을 일으키는 순간, 바닥이 깨어지며 날카로운 얼음이 치솟아올랐다.

콰과과광!

주위를 꽉 메우는 놀라운 얼음의 기둥!

그것 하나만으로도 장관이었다.

엄청난 냉각 온도로 대지를 꿰뚫으며 솟아오른 얼음 마법이 이클레이드의 바리어에 부딪치더니 산산조각이 났다. 그리고 눈보라처럼 흩어지는 이 마법은 내 손길에 의해 점차 조종되기 시작했다.

넋이 나갈 정도로 아름다운 마법의 잔해였다.

마치 블리자드처럼 바닥 아래로 얼음이 떨어져 내리자 바닥은 발을 디딜 수 없을 정도로, 아니, 심리적인 공포가 생겨날 정도로 미끌미끌한 얼음 바닥이 되어버렸다.

채앵!

검을 뽑는 즉시 1,255체계, 화염의 검[Fire Sword]을 실행.

검에서 화산의 용광이 뚝뚝 떨어져 내렸다.

검에서 퍼져 나오는 뜨거운 화기가 주위의 얼음을 순식간에 녹여 나가기 시작했다.

"하압!"

폭발적인 기합이 터지자 얼음이 순식간에 녹아내리며 흩어져 나갔다. 그리고 마력을 최대한으로 끌어올려 대각으로 검을 휘둘렀을 때, 용광의 불길이 거침없이 얼음들을 베어버렸다.

마치 불길의 화신 레이너크가 얼음을 단숨에 집어삼키는 것처럼 그 모습은 화려하면서도 숨을 쉴 수 없을 만큼 뜨거운 온도를 지니고 있었다.

그 엄청난 열기에 몸이 화끈해진다.

이클레이드가 소매를 펄럭이며 주문을 외우자 바리어는 점차 내가 시동했던 마법을 잡아먹더니 순식간에 마법의 잔해들을 치워 나갔다.

"후우……."

입에서 흘러나오는 거친 숨소리는 쉽게 사그라들지 않았다. 1,200체계를 사용한 후유증이 점차 몸을 잠식해 나가기 시작했다. 피로감이 급격하게 몰려들고 눈이 침침해진다. 과도한 마법의 시전으로 몸이 견디기가 어려웠던 모양이다. 입에서 탁한 피가 한 움큼 나왔다.

이클레이드의 손이 살짝 움직이는 게 보였다. 하얀 빛무리가 내 몸 위로 떨어져 내렸다. 그것은 내가 알고 있는 힐과는 조금 다른 개념의 마법이었다. 몸이 편안해지고 여유를 찾아갔다.

심리적인 치료까지 가능케 만드는 그의 마법을 나는 위대하다고 느꼈다. 증오스런 인간이지만 마법적 실력만큼은 천재를 뛰어넘은 괴물 수준이었다.

점차 고통이 줄어갔다.

눈을 뜨고 고개를 들려는 찰나, 심장이 폭발할 것처럼 뛰기 시작했다. 드디어 증상이 나타나기 시작했다. 마법체계를 사용한 이후 증폭되는 마력.

온몸에 마나가 터질 것처럼 가득찼다.

"수… 숨을."

"침착해라. 최대한 침착해야 한다."

이클레이드가 눈을 감고 주문을 외웠다.

붉은빛이 내 주위를 맴돌았다. 바닥에 붉은 피가 어디선가 나타나더니 그것은 마법진을 그려 나가기 시작했다. 소름 끼치는 광경과 코를 찌르는 피 냄새, 그리고 강력한 피의 폭발.

콰과광!

연무장이 무너질 정도로 지반이 흔들렸다. 그리고 피가 치솟아올랐다. 그 순간 나는 뜨거운 무언가가 내 온몸을 압박하는 것을 느꼈다.

"마력을 체크해 보거라."

이클레이드의 말에 나는 즉시 내 몸속에 휘몰아치고 있는 마력의 양을 확인했다.

나는 크게 뜬 눈으로 그를 보았다.

"어떠냐, 세상을 지배할 수 있을 것만 같지 않으냐?"

"미… 믿을 수 없어."

내해의 바다를 내 품 안으로 모두 가져온 것만 같았다.

나는 세상을 다 가진 것만 같은 이 위대한 마력의 깊이에 감동했다.

"대체… 당신은 어떤 마력을 느끼고 계신 겁니까?"

그는 웃었다.

그 웃음이 너무 부러워 눈물이 흐를 것만 같았다.

분하고 괴로웠다.

이런 마법의 쾌감을 훨씬 더 크게 느끼고 있을 그가 미치도록 부러웠다. 원초적인 마법에 대한 질시, 강해지고 싶다는 욕구가 뜨겁게 달아올랐다.

"마법이란 훌륭한 학문이자 힘이지."

가슴에서 파도가 출렁였다.

마법이란 두 글자는 바다가 되어 큰 파장을 이끌고 내 가슴에 파도를 때렸다. 잡을 수 없을 것만 같았던 무언가가 아주 단순한 방식으로 눈에 보이는 것이라, 이질적인 괴로움이 찾아왔다.

그 감정을 읽은 것일까?

이클레이드가 말했다.

"너는 처음부터 내 힘으로 인해 마법을 배울 수 있었지 않느냐. 지금 와서 무슨 헛된 감정을 가지는 게야."

그는 몸을 돌렸다.

그에게 키워진 인간 마법 병기.

주먹이 떨려왔다.

꽉 쥔 주먹이 격렬하게 떨려왔다.

"네 나약함을 벗어던지는 일은 애초에 나로부터 시작되었던 게다. 그 끝 역시 나로 인해 결정되겠지. 그 사실을 잊지 말도록 하거라."

그가 빛이 되어 사라진 뒤[텔레포트] 나는 허망한 눈동자로 창밖을 보았다. 푸른 하늘이, 아름다운 저 하늘이 나를 불필요한 감정에 젖게 만든다.

마치 풀려날 수 없는 족쇄에 걸려든 것처럼.

내게 자유가 없다는 사실을 인지해 주고 싶은 건가, 이클레이드?

'빌어먹을.'

눈에 독기가 서렸다.

콰과과과쾅쾅!

눈앞이 보이지 않을 정도로 광범위한 분노의 불꽃이 연무장을 뒤흔들었다.

Chapter 33
감정의 잔재

1

지친 몸으로 방에 돌아왔을 때 의자에 누군가가 앉아 있었다. 빛나는 은발은 머리를 감은 지 얼마 안 된 것인지 촉촉해서 빛을 반사시킨다.

내가 기침 소리로 인기척을 내자 고개를 돌렸다.

하얗고 아름다운 얼굴.

"아, 에아르웬. 깨어났군요."

그녀는 조금 힘없이 웃어 보이고는 일어섰다. 그리고 잠깐 비틀거렸다. 잡아주려다가 그녀가 다시 자세를 바로잡는 바람에 조금 어색한 상황이 되었다.

나는 코를 훌쩍거리며 테이블로 걸어가 앉았다. 그녀의 얼굴을 보자 아직 후유증이 꽤 남았는지 창백했다.

"조금 더 누워 계시지 그랬습니까? 안색이 안 좋군요."

"괜찮아요."

그녀는 주위를 둘러보며 작게 웃었다.

"굉장히 멋진 방이에요. 마법에 관련된 것들로 방을 가득 채우다니. 로크님과 굉장히 잘 어울리네요."

"그렇습니까?"

솔직히 말하면 욕 나올 정도로 기분 나쁜 방이다.

이클레이드의 남은 잔재가 있는 곳이니까.

당연히 마음에 들 리가 없었다.

나는 주제를 돌렸다.

"아, 그러고 보니 잠깐 잊고 있었군요. 조금만 기다려요. 곧 그 못된 계집애에게 복수를 해줄 테니까."

"네?"

"당신과 반을 냉동 창고에 가둬둔 악독한 여자. 모르겠어요?"

"그러지 말아요. 복수는 또 다른 복수를……."

내 번뜩이는 눈을 보고 그녀는 고개를 숙였다.

그녀의 이런 나약한 모습이 싫다.

용서하라고?

죽을 뻔했다.

내 심장과도 같은 반과 그동안 길을 함께해 온 당신도!

나는 아랫입술을 꽉 깨물었다.

피가 살짝 배어 나왔다.

"죗값을 받지 않는 특혜 따윈 그 누구에게도 존재할 수 없습니다. 설령 신이 내게 명령했다 할지라도 내 마음이 움직이지 않으면 나는 그 말을 결코 따르지 않아."

"로크님은 너무 강해요. 그래서… 부러질까 봐 두려워."

나는 눈을 감고 마른침을 삼켰다.

"그만 돌아가서 쉬도록 해요. 아직 몸이 성치 않으니."

에아르웬이 몸을 일으켰을 때 누군가 문을 벌컥 열고 들어왔다. 베놈이다. 그녀는 에아르웬을 보더니 '억!' 하는 소리를 냈다. 그리고 나를 보더니 말한다.

"일어났네요?"

"그래, 무슨 일로 찾아온 거야?"

베놈은 팔짱에 끼고 있던 서류를 테이블 위에 올려놓았다.

"빛의 기사단에 참가하려는 인원은 총 500명입니다. 평민이고 귀족이고 가리지를 않으니 접수를 받는 데만 해도 고생좀 했습니다."

"이거 다시 가지고 가."

바깥 날씨가 추워서인지 흐르는 콧물을 닦던 베놈이 황당한 듯 나를 쳐다본다.

"가서 모두의 실력을 체크해서 너랑 호각이거나 훨씬 뛰어나지 않으면 모두 떨어뜨려. 어중간한 녀석 데리고 장난칠 생각은 없으니까."

"저 혼자서요?"

"물론."

"클클크릉, 농담하지 마세요."

"진심이야."

내가 정색하며 말하자 베놈은 황당함을 넘어 거의 기절할 것 같은 표정이었다.

"하지만 사람 수가……."

"강해지고 싶다며?"

"로크님, 그것이랑은……."

"무엇보다 소중한 경험이 될 것이다."

베놈은 가만히 생각하더니 마지못한 듯 고개를 끄덕였다.

"알겠습니다."

"일주일 안에 처리하도록 해."

"이, 일주일 말이십니까?"

"너의 능력을 믿는다."

베놈이 한숨을 쉬면서 답했다.

"최선을 다해보겠습니다."

"베놈."

"네?"

"늘 수고가 많다. 항상 고마워."

"고마운 걸 알긴 아는군요. 클클, 그러니 앞으론 좀……."

내가 싸늘하게 노려보자 그는 힘겹게 서류 뭉치를 다시 품에 안고는 괜히 끙끙거리며 돌아갔다. 베놈이 문을 열었을 때, 에아르웬은 잠깐 나를 흘깃 보다가 베놈의 뒤를 따랐다.

'에아르웬, 에아르웬.'

여자란 동물은 여러모로 피곤하군.

나로 하여금 복잡한 생각을 하게끔 만든다.

감정의 잔재.

이제 그만 정리해야 하지 않겠느냐, 로크.

2

소문은 항상 과장되기 마련이다.

그리고 새롭게 부상하는 인물은 늘 그런 과정을 여지없이 통과해야만 했다.

왕궁 내의 괴소문.

그 모든 소문의 초점은 나에게 맞춰져 있었다.

하루 종일 방 안에서 책과 서류 더미를 읽고 연무장에만 들어가면 천둥번개보다 더 큰 굉음을 내서 그들은 과연 나라는 사람이 어떤 존재인지를 항상 궁금해했다.

이 '그들'이라는 범위는 하인으로부터 시작해서 높은 귀족 나리들까지였으나 중요한 건 나는 그런 것들에 대해 일체

관심이 없다는 것이다. 단지 조금 귀찮은 느낌이 들 뿐, 그 이상도 그 이하도 아니었다.

마법을 잃게 생긴 판에 다른 것이 어떻게 눈과 귀에 들어올 수 있겠는가. 내가 보유하고 있는 모래시계가 너무 야속할 뿐이었다.

모래시계의 시간이 너무 빠르게 흘러가는 것 같아 초조하고 불안하다.

이클레이드는 여유를 가지라고 했다.

조급함은 길을 막는다 했고, 그것은 과연 틀린 이야기가 아니었다. 조금만 서두른다 할지라면 마력은 도망치듯 내게서 벗어났기 때문이다.

모두 옳은 말만을 하니, 이거 뭔가 굉장히 기분이 나빴다.

저 냉철한 괴물이 하나쯤은 틀린 행동이나 틀린 소리를 하는 걸 보고 싶었는데. 뭐, 그렇다고 해서 그걸 꼬투리 잡고 늘어질 유치한 생각 따윈 없지만 도무지 빈틈이 없으니 그것이 앞으로 내가 계획을 짤 구도를 어렵게 만드는 부분이라 여간 성가신 게 아니었다.

말도 안 될 정도로 빽빽하고 작은 글자들을 읽던 나는 피식 웃었다.

따지고 보면 소문의 절반은 진실인 셈이군.

"하지만 아무리 그래도 내가 고릴라의 후손이라는 소문 같은 건 좀……."

농을 던지던 나는 문득 무언가가 떠올라 하얀 종이를 꺼내 그곳에 그림을 그렸다. 그 그림은 거의 휘갈기는 수준이라 남이 본다고 해서 알아볼 만한 그런 그림이 아니었다.

낙서에 가까웠다.

"브로크웨이의 전진."

일진에 국왕 전하가 밀했던 브로크웨이가 바이슨을 향해 오고 있다는 정보를 받았다. 그리고 그들을 막는 임무에 내가 선택되었다.

공을 세우기에는 꽤 큰 도박이다.

브로크웨이 하나만 해도 무시할 수 없는데, 전하의 종이에 있었던 정보에 의하면 거의 군대 수준에 필적한다고 했다. 전부가 브로크웨이일 리는 없을 테고. 아마 극소수의 브로크웨이들이 병력을 가지고 전진해 오고 있는 거겠지.

머릿속의 뇌신경이 빠르게 회전했다.

그때, 벌컥 창문이 열렸다.

"뭐지?"

깊은 생각에 잠겨 있던 터라 엄청나게 놀랐다.

창문은 내 상반신 정도 되는 크기였는데, 문이 열리자 차가운 공기가 쐐액 들어왔다. 방 안의 마법서와 책들이 그 바람에 나부꼈다. 테이블 위에 놓여 있던 꽃병이 떨어져 내려 와 장창! 깨졌다.

내가 미간을 찡그리며 일어섰을 때 검은 그림자가 획― 하고 안으로 들어왔다. 내가 놀라 주위를 둘러보았을 때는 아무 것도 보이지 않았다. 분명 뭐가 들어왔는데 뭐지?

창문으로 걸어가 문을 닫았을 때, 뒤에서 목소리가 흘러나왔다.

"오랜만이군."

근엄하고 무게있는 목소리.

고개를 뒤로 돌린 나는 섬뜩 놀라 뒷걸음쳤다.

"델 키오르!"

테이블 쪽에서 오만하게 다리를 꼬고 앉아 책을 읽던 그는 피식 웃었다.

"전부 알아먹지도 못할 꼬부랑 글씨로군. 이건 정말이지 내가 귀족이란 게 창피할 정도로 어려운 학문이야."

나는 냉정을 찾고 담담히 입을 열었다.

"룬어니까."

"흥."

책을 바닥 어디론가 휙 던진다. 그리고 테이블 위에 놓인 사과 하나를 씹으며 그는 내게로 뚜벅뚜벅 걸어왔다.

걸음걸이가 당당하다.

눈동자는 끝이 살아 있다.

그 의미를 알 수 없는 눈동자로 나를 뚫어지게 응시했다.

그의 허리춤을 보니 검이 보이지 않았다.

다른 무기 역시 없는 듯했다.

완전한 맨몸.

무기 따위 없어도 자신있다는 소리인가?

하지만 맹수는 싸울 의욕이 없다면 꼬리를 내린다고 했던가.

나는 델 키오르에게서 단 한 줌의 살기도 느낄 수 없었다. 그야말로 사신이 할 말을 선하러 온 것이거나 특별한 이유가 있는 것 같았다.

"나를 찾아온 용건은?"

"기억하는가?"

"……?"

"내가 널 구해준 것을."

말없이 노려보자 그는 피식 웃으며 나를 지나쳤다. 그리곤 김이 가득 찬 유리 창문을 손으로 쓸어내리며 입을 열었다.

"자네는 항상 아슬아슬하게 살아가더군."

"그래서 그게 어쨌다는 거야?"

"지켜보는 눈이 많은데 그리 위험해서야 보는 입장에서 애가 타지 않겠는가."

"신경 쓰지 않아도 난 충분히 끈덕지게 살아 있어. 그리고 앞으로도 당연히 그럴 테고. 하니 그만 나가줬으면 좋겠군"

"나는 자네의 그 지나치리 만큼 과도한 자신감이 마음에 들어. 감히 이 델 키오르를 앞에 두고 그런 자신감이라니 말이야."

"예전의 내가 아니다. 난 강해졌다."

"나 역시 예전의 브로크웨이가 아니다. 브로크웨이라고 해서 성장하지 않는 건 아니야. 강해지기 위해 어떤 노력을 기울여왔는지 그대가 알게 된다면, 아마 그동안의 삶에 회의를 느낄지도 모르지. 우리는 그 정도로 치열하게 살아왔다."

"우리?"

"브로크웨이들은 각자 그룹이 있다. 그 그룹이 서로의 생명을 존속시켜 주지. 나라고 해서 그리 안전한 존재는 아니야. 우리는 서로를 겨냥하고 스스로를 지켜야 할 아주 위험한 위치에 있거든. 바로 이클레이드 때문에."

그의 눈동자가 순간 붉게 변하는 듯한 착각이 들었다.

그건 잠시였다.

바로 표정이 변하는 것은 섬뜩할 정도로 빠른 감정 변화였다.

입꼬리를 올리며 웃는 그는 나를 돌아보았다. 창문에 비친 그의 뒷모습은 마치 한 마리의 붉은 늑대 같았다.

"약속이 하나 있어서… 당분간은 널 지켜야 할 것 같다."

나는 순간 그가 정녕 미친 것은 아닌지 의심되기 시작했다. 그것이 말이나 되는 소리인가.

궁극의 목표를 눈앞에 두고 나를 지켜야겠다니.

"무슨 소리야?"

"당분간은 네 심장은 보류해야 할 것 같아. 다른 누구에게

뺏길 수는 없는 노릇이니 지켜야지."

헛웃음이 나왔다.

"기가 막히는군."

"브로크웨이가 이끄는 군대가 이곳으로 향하고 있다. 결코 만만한 상대들이 아니야. 내가 없다면 아마 8할 이상은 패배를 확신해야 할 것이다."

"그러다 틀리면 어쩔 생각이야? 당신은 그 지나친 자신감이 문제라고."

"군대를 움직이는 브로크웨이를 알고 있다."

나는 눈을 필요 이상으로 크게 떴다. 본능적으로 그럴 수밖에 없었다.

"당신이?!"

고개를 끄덕인 델 키오르는 낮게 가라앉은 눈동자로 나를 응시했다.

"큰 싸움이 될 거야. 정말 급이 다르거든."

그는 큰 전쟁을 예고했다.

많은 피를 흘리게 될 것 같은 예감이 들자 머릿속에 피가 가득 고인 시체가 떠올랐다. 데자뷰가 현실로 되어 피부로 느껴지는 것 같았다.

무섭도록 섬뜩한 감각!

차가운 검의 감촉이, 마법으로 인한 학살의 감촉이 벌써부터 손끝으로 느껴지는 것 같았다.

언제부턴지 무언가를 공격하는 그 감각이 잊혀지지가 않는다.

이 빌어먹을 마법사의 길은 애초에 죽음에 가장 근접한 것이었다.

나는 델 키오르를 날카롭게 노려보았다.

그의 여유로운 행동이 내 목에 가시처럼 느껴졌다.

"상대에 대한 정보를 알고 싶다."

그는 기분 좋게 웃었다.

마치 거래의 우위권을 차지한 사람처럼.

"내 손을 거절하지 않겠다는 소리로군."

나는 차분한 눈으로 그의 눈을 마주 봤다.

"받아들이지."

"의외로군. 난 단칼에 거절할 줄 알았는데."

"현실적인 판단일 뿐이다."

"그런가? 하긴 그대는 머리로 계산하는 타입이지. 하지만 그런 계산은 때론 오차를 일으킨다네. 그리곤 아주 참혹한 결과를 발생시켜 버린다는 것도."

"충고라면 그만 집어치워."

"충고가 아니라 어쩌면 반드시 닥치게 될 하나의 예언인지도 모르지."

그의 검은 눈동자를 파헤치고 싶었다. 내 미래를 꿰뚫어 보는 것만 같은 그 시커먼 눈동자를 파내고 싶었다. 나도 모르게 내 감정은 어느새 격양되어 있었다. 나는 고개를 돌리며 테이블 쪽으로 걸어갔다.

"이야기 끝났으면 그만 꺼져 줘."

"자주 얼굴을 보자고, 크큭."

그의 몸이 회색 가루가 되더니 이내 연기처럼 사라졌다.

긴장이 풀리자 긴 한숨이 나왔다.

이마에 손을 짚어보니 진득한 땀이 가득 배어 나왔다. 미끌미끌해진 손바닥을 보며 쓴웃음을 짓던 나는 물을 찾았다.

너무 무게있는 대화를 했더니 목이 컬컬했다.

갈증을 해소한 뒤 의자에 털썩 주저앉자 생각이 한꺼번에 머리를 두드렸다.

브로크웨이의 전진과 델 키오르의 위험한 손길.

그리고… 이클레이드.

무엇 하나 가벼운 것이 없다.

왠지 흐름이……

위험해지고 있다는 것을 느꼈다.

3

시간의 변화.

일주일이 흘렀다.

베놈 혼자서 일을 진행하다 보니 시간이 꽤 오래 걸렸다. 주위에 도와줄 만한 사람이 없어 내가 체계서를 읽는 동안 베놈이 굉장히 큰 수고를 했다.

실력 검증을 받은 인원은 모두 102명.

생각보다 적은 인원이다.

녀석의 말로는 모두 17명이라 했고, 나머지는 자신과 엇비슷한 실력자라고 했는데, 이미 실력에 있어서는 검증을 받았다는 것이다.

어제저녁 귀족가에서 찾아와 내게 황금을 찔러주었다.

실력은 부족해도 가문을 등에 업은 자.

나는 가차없이 거절했다. 그러자 그들은 매서운 눈으로 나를 노려보며 후회할 거라 협박했다. 나는 그들을 설득했다. 그들이 등을 돌려서는 일이 진행될 수 없다.

더 좋은 조건으로 찾아갈 테니 시간과 기회를 달라 했다.

그러자 그들은 흔들리는 모습을 보였고, 나는 적당히, 그리고 교모하게 말을 섞어 그들을 내 편으로 끌어들일 수 있도록 유도했다.

그 부분은 내 생각대로 흘러가 다행이라면 다행이었다.

"오셨습니까?"

베놈이 피곤한 얼굴로 나를 맞았다.

그는 일주일 동안 무서울 정도로 몰려든 인원을 처리하느라 혼이 쏙 빠졌다. 나는 그의 어깨를 툭툭 두드려 주며 격려

했다.

"수고했어."

"이제 좀 쉴 수 있습니까?"

"이틀 후 출전을 감행한다. 함께하겠느냐, 왕궁에 남아 휴식을 취하겠느냐?"

베놈은 지친 얼굴로 답했다.

농을 던질 힘도 없어 보였다.

"로크님 없이 왕궁에 남아서 무슨 봉변을 당합니까? 따라가겠습니다."

그는 정말 극한까지 일을 처리한 것처럼 보였다. 눈 밑에 다크서클이 너무 심해 아무리 오크라지만 섬뜩할 정도로 어두운 그림자를 얼굴에 머금고 있었다.

'그동안 너무 무리를 주었나' 라는 생각이 들었다.

나는 안쓰러워 보이는 그를 위해 우선적으로 가능한 배려를 생각했다.

"마차를 준비해 주마. 그곳에서 쉬면서 따라와."

"그렇게까지 할 필요는……."

"쫄나가 갈 맞기 싫으면 내 말을 들어."

베놈은 식은땀 한줄기를 흘리며 고개를 끄덕였다.

"…알겠습니다."

"그리고 빛의 기사단에게 출전을 알려라."

"인품을 확인한다고 하셨지 않았습니까?"

나는 히죽 웃었다.

"출전을 하게 되면 자연히 해결될 일이다. 지금 이 순간도 놈들에 대해 여러 가지를 생각하고 있거든."

베놈이 알겠다는 듯 고개를 끄덕인다.

하여간 눈치 하난 기가 막히게 빠른 놈이다.

퉁퉁!

"계십니까?!"

노크 후 문 뒤로 어린 목소리가 들렸다.

아직 변성기가 지나지 않은 목소리였다.

베놈이 걸어가 문을 열자 작은 키의 꼬마 녀석이 나타났다.

바로 이클레이드의 핏줄, 이클로드였다.

"네가 여긴 무슨 일이야?"

이클로드는 길고 하얀 종이를 건넸다.

펼쳐 보니 전진해 오고 있는 브로크웨이에 대한 위치와 규모에 대한 정보였다. 나는 곧장 그 문서를 보고 전력을 비교 분석하기 위해 내 자리로 돌아갔다. 그런데 그때, 이클로드가 실로 믿기지 않는 말을 내뱉었다.

"큰 싸움일 거예요. 저를 고용해야 할 겁니다."

"하! 고용?"

나는 가당치도 않다는 듯 녀석을 물렸다. 고용하라니. 머리에 피도 안 마른 애송이는 둘째 치고, 이클레이드에게 무슨 말을 들을지가 더 무서울 지경이다.

"장난치지 말고 얼른 돌아가!"

베놈이 이클로드의 목덜미를 잡아 올렸다.

"끌고 나갈깝쇼?"

"아, 조심해. 이클레이드의 아들이다."

"힉!"

거의 경기를 일으키며 베놈이 손을 뒤로 뺐다.

식은땀이 비 오듯 흘러내린다.

마치 비루먹은 강아지마냥 몸이 축 늘어졌다.

베놈도 이클레이드라는 악마에게 무슨 변을 본 적이 있는 듯했다. 이렇게 몸서리치는 반응이라니. 이클레이드라는 악마는 사방팔방 두려움의 대상이군.

베놈을 보며 히죽 웃어 보인 이클로드는 살짝 가늘어진 눈으로 나를 응시했다. 그 눈이 순간적으로 이클레이드와 너무 닮아 순간 소름이 쫙 끼쳤다.

"후회없는 고용이 될 겁니다."

"네 나이가 몇이라고 했지?"

"열다섯입니다."

"내가 네 나이 때는 막 마법에 입문을 하던 단계였다."

"저는 형보다 강하진 않지만 약하지도 않죠."

"호오, 그래?"

그는 자신있다는 얼굴로 웃었다.

"하지만 그것보다 중요한 의미가 있어."

"그게 뭐죠?"

"뭘 것 같아?"

볼을 부풀린 소년.

이클로드가 고개를 갸우뚱거린다.

전혀 모르겠다는 표정이었다.

"고통을 얼마나 알아?"

"고통?"

"아파봤느냐는 말이다. 상처로 인한 고통을 아느냐고 물었다."

이클로드가 해맑은 얼굴로 웃었다.

"아, 그런거요!"

녀석이 갑자기 상의를 벗기 시작했다. 곱고 하얀 피부가 나올 거라는 예상과는 전혀 다른 모습이 눈에 들어왔다. 수많은 검상과 짐승에게 할퀴어진 듯한 상처, 그리고 곳곳이 멍으로 가득했다.

내 인상이 절로 찌푸러질 정도로.

"이 무슨……"

"아버지께서 절 좀 엄하게 키우셨답니다. 하핫."

간담이 서늘했다.

도대체 자식을 어떻게 키운 건가.

녀석의 순진해 보이는 가면 안에 무서운 악마가 잠재워져 있을 것이다.

호랑이 새끼가 뒤를 따르려고 한다!

내가 어떻게 받아들이냐에 따라 미래에 있어 내 힘이 될 수도, 큰 함정이 될 수도 있다. 그런 거라면 나는 과감히 선택하겠다.

"죽을 각오가 되어 있다면……."

"마법을 배울 때부터 그 각오를 마음에 굳혔어요!"

무서운 핏줄인 이 소년에게서 나는 왠지 모를 동질감을 느꼈다.

지금껏 더러운 정을 안고 살아왔구나.

네 녀석이나… 나 역시도.

"받아주지."

녀석이 나를 향해 환하게 웃었다.

*　　　*　　　*

아침이 밝았다.

누가 갖다 놓은 것인지 침대 옆에 놓인 새장 안의 새가 시끄럽게 조잘거려 그 덕분에 일찍 깬 것인지도 모르겠다. 눈을 비비며 일어나자 커튼 사이로 비치는 빛이 눈을 찔렀다.

나는 표정을 구기며 침대에서 내려왔다.

이젠 아침엔 거의 겨울이나 다름없는 날씨였다.

방 안임에도 불구하고 입에서 하얀 입김까지 나온 것이다.

마나를 다스려 온도를 조절하자 몸이 조금 따뜻해졌다.

그나저나 요즘은 마나가 너무 크게 몸 안을 활개치고 다니는 기분이었다. 뭔가 폭발시키지 않으면 자체적으로 터져 버릴 것 같은 그런 불안감도 적지 않게 내제된 것 같아서 하루빨리 싸움이 시작되었으면 하는 바람이 적지 않았다.

그래서일까? 오늘이 출전 날짜인 데도 전혀 긴장되지 않았다.

오히려 빨리 만나 다 뒤집어놓고 싶었다.

오늘 우연히 거울을 보았는데 내 눈에 핏발이 선 것 같아 내 자신이 약간 무섭게 느껴졌다.

어쩌면 난 학살을 기다리고 있는지도 몰랐다.

내 능력은 충분히 대량 살상에 최적화되어 있으니까.

마법사의 공격이란 그런 거니까.

특히 범위 마법이 강대하다면 더더욱 말이다.

그런 생각이 자꾸 들다 보니 기분이 찜찜해졌다.

나는 마른 입술을 혀로 달싹이며 옷을 챙겨 입었다.

때마침 누군가가 나를 데리러 왔다. 노크 후 문을 열고 들어온 이는 어제부터 나를 담당하게 된 집사였다.

"안녕하십니까, 어제부터 로크님을 모시게 된 하이스라 합니다."

"무슨 음료 이름 같군."

"으, 음료."

그는 상당히 젊어 보였다.

왠지 가식과 진심이 교묘하게 섞여 있는 것 같아 보통 사람보다 더 기분 나쁜 자식이라는 첫 느낌이 강했다.

턱에 젖살이 있어 약간은 포동포동한 인상의 그는 손으로 안경을 올려 쓰며 오늘 아침 일정에 대해 말했다. 나는 그의 말을 잠시 끊고는 물었다.

"나는 집사를 들인다고 말한 적이 없었는데⋯⋯."

"전하의 명이 계셨습니다."

"전하께서?"

"예. 사실⋯ 베놈님의 외모가 워낙 독특하셔서 여러모로⋯⋯."

나는 실소하며 다소 기분이 상한 얼굴로 고개를 저었다.

"그런 건가⋯⋯."

이런 내 모습을 보고 그가 해명이라도 하려는 듯이 내 앞을 가로막았다.

"저, 전하께서는 그저."

"됐어. 어느 정도 예상했던 거니까 신경 쓰지 마라."

"아, 예."

"군사들은?"

그가 기합이 잔뜩 들어간 상태로 대답했다.

"모두 준비를 마친 상태입니다."

나는 그를 좀 이상한 시선으로 쳐다보다가 한 가지 물었다.

"인원은 어느 정도인가?"

"군사들은 물론 빛의 기사단 전원이 준비를 마쳤습니다. 모두 로크님을 기다리고 있습니다."

"그렇군."

"저, 로크님."

"……?"

내가 집사를 흘깃 보자 그의 입가에 약간의 잔주름이 보였다.

"모두들 걱정이 많습니다. 좋게 말하면 기대가 크다고 할 수 있고, 나쁘게 말하면……."

나는 입가에 빙그레 미소를 그렸다.

"녀석들이 욕을 얼마나 해대는지 귀가 너무 간지럽군. 고막이 나갈 지경이야. 하지만 난 그런 걸 전혀 신경 쓰지 않으니 걱정하지 말아."

집사가 어색하게 웃었다.

"그런데 집사, 당신도 혹시 그렇게 생각하는 건 아냐?"

"그, 그럴 리가 있겠습니까!"

나는 빙긋 웃었다.

"농담이야."

울상을 지은 집사가 입으로 중얼중얼거리며 내 뒤를 따랐다.

"전투 장비는?"

"바로 윗층인 레이넌 홀에 있습니다."

"레이넌 홀? 그건 뭐지? 단순한 무기 창고로 알고 있는데."

안경을 닦아 쓴 그가 입에 고인 침을 손수건으로 닦아냈다.

"레이넌 홀은 200년 전 소드 마스터로서의 명망이 높으셨던 5공주, 레이넌 프리시안 니르키스냐님의 흔적이 남아 있는 곳. 그래서 그 무기 창고가 '레이넌 홀'이라는 이름을 가지게 되었습니다."

나는 한쪽 눈썹을 찡그렸다.

여자 마스터라…….

"그런 굉장한 곳을 공개적으로 사용케 하나?"

"유언이 계셨습니다. 자신이 사용했던 무기를 썩히지 말고 세상에 빛을 보여주라고. 어떤 의미인지는 잘……."

"그렇군."

그리고 침묵이 계속되었다.

하이스도 더 이상 입을 열지 않았다.

뚜벅뚜벅 복도를 울리는 발자국 소리가 꽤 오랫동안 울렸다. 그게 좀 지겹다고 느껴질 때 즈음, 아주 멋스러운 걸 넘어서 사치스럽게 장식되어 있는 그 유명한 '레이넌 홀'에 다다랐다.

안으로 들어가자 오래된 곳이라고는 생각할 수 없을 정도로 깔끔했다. 먼지 하나 없어 보이는 이곳은 명품 무기 창고라고 해도 과언이 아닐 정도로 빛이 나는 곳이었다.

무기들이 가지런히 정리되어 있어 찾기도, 고르기도 쉬웠다.

"가르시아?"

평범한 롱 소드인데 눈에 띄는 게 있었다. 집어보니 검날에 얇게 표시된 글자가 바로 가르시아였다. 어떤 의미인지는 모르겠으나 아무튼 마음에 들었다.

검을 손으로 잡았을 때부터 감각이 좋다. 검집으로 회수하고 허리에 찬 뒤, 나는 두 번 둘러볼 것도 없이 곧바로 나왔다. 나를 본 하이스가 눈을 동그랗게 뜬 것은 당연했다.

"검 하나만 챙겨 오신 것인지요?"

"더 이상 뭐가 필요해?"

"저, 갑옷이랑 다른 마법 물품은?"

"글쎄, 어떨까?"

그를 지나치면서 걷는 속도를 올렸다. 하이스가 서둘러 뒤쫓아와 내 보조를 맞추었다. 그는 궁금한 게 많아 보였지만 또 한 소리를 들을까 우물쭈물하고 있었다.

"그대는 마법사가 갑옷 입는 거 봤어?"

"아……."

"마법을 시전하려면 몸이 가벼워야 함은 물론이고, 갑옷은 집중력을 저하시키기가 쉽거든."

"그렇겠군요. 무거운 짐을 든 채 무언가에 집중한다고 예를 들어보면 그럴듯합니다. 아마도 마법사들은 그것보다 극도의 집중력을 필요로 하니……."

"때문에 위험을 감수하고서라도 갑옷을 포기하는 거지. 하지만……."

나는 몸을 휙 돌렸다.

스치면서 본 갑옷이 하나 있었는데, 그것은 내 시선을 확 사로잡아 버렸다. 가까이 걸어간 나는 나도 모르게 그 갑옷을 손으로 여기저기를 만졌다.

곧 피라도 흘러내릴 것처럼 붉은색의 판금 갑옷이었다.

왼쪽 가슴에 새겨진 바이슨이라는 글자는 가슴을 두근거리게 만들고, 화려함과 빛깔은 물론 엄청난 카리스마를 뿜어낼 수 있는 물건이었다.

"한번 입어보시지요. 제가 알기로는 레이넌 프리시안 미르키스냐님을 위해 특별 제작되었으나, 제작자의 실수로 품이 조금 커서 어쩔 수 없이 예술 작품으로써 남겨진 갑옷이었사옵니다."

나는 그 말에 고개를 끄덕이며 천천히 긴장한 얼굴로 갑옷을 걸쳤다. 거짓말처럼 몸에 딱 맞다. 집사는 내 모습을 보며 얼굴에 피어오르는 미소를 감추지 못했다.

"정말 멋지옵니다!"

거울에 비춰 보니 꽤가 아니라 엄청 멋지잖아, 이거.

나는 감탄한 얼굴로 거울을 보며 나조차도 넋이 나갈 뻔했다. 이제 머리가 좀 많이 길어 어깨 밑으로 내려온 긴 흑발과 붉은 갑옷은 그것 자체로 마력을 가질 정도로 멋졌다.

검과 마법을 동시에 쓴다면 그야말로 진정한 마검사가 따로 없겠군.

피보라가 몰아치는 전장에서 잘들 감상하거라.

그 어느 때보다 화려하게 쓸어버려 줄 터이니!

*   *   *

내가 방으로 돌아왔을 무렵, 밖에선 군사들이 모두 대기하고 있는 상태였다.

"이제 정말로 시작이로군."

윤기 나는 붉은 갑옷과 하얗게 번쩍이는 롱 소드. 그리고 내 온몸을 가릴 듯 강대함마저 느끼게 만드는 커다란 흑색 망토.

불가능할 거라고 믿었다.

내 머나먼 목표가 아니라 지금 눈앞의 위치마저도 절대 불가능할 거라고 생각했다. 하지만 더럽게도, 지독하게도 질긴 생명을 부여잡고 여기까지 걸어왔던 모양이야. 지금까지 가져온 그 삶에 미련이 남아서라도 포기할 수 없어. 이제 성장할 일만 남았는데, 사형선고처럼 다가온 마법체계의 상실이라니.

화가 치밀어 올라 참을 수가 없었다.

가슴이 답답하다 못해 뜨거웠다.

이를 꽉 깨물며 손으로 얼굴을 쓸었다.

살아 있는 느낌.

손으로 얼굴을 만질 때마다 살아 있다는 감각이 들었다.

감정의 시작은 가슴이지만, 표현되는 것은 얼굴이 아니던가.

나는 감정을 감추려는 듯 손으로 얼굴을 가렸다.

"죽을지도 모르고, 마법체계를 잃을지도 모른다."

얼굴에서 식은땀이 흘러내렸다.

창문에 서리가 생길 정도로 추운 날씨라 방 안도 꽤 냉랭했다. 그럼에도 땀이 흐름은 그만큼 지금의 내 심정을 보여주는 것이기도 했다.

이 한줄기 땀은 그런 감정의 덩어리가 뭉쳐진 집합체였다.

"그것뿐만이 아니지."

어쩌면 인간이기를 포기해야 할지도 모른다.

인간이 인간을 죽인다는 것을 나는 처음에는 이해할 수 없었다. 하지만 내 자신이 살기 위해 타인을 죽이는 것은, 양심이기 이전에 목숨 보전의 문제였다.

머릿속에서는 내가 저질러야 할 수많은 악행들이 마치 점술사가 보여주는 미래처럼 그려지고 있었다.

철컥―

문이 열렸다.

나는 축축해진 눈을 황급히 손으로 비볐다.

"아! 계신지 몰랐어요. 죄송합니다."

에아르웬이 허둥거렸다.

"괜찮아요. 들어오시죠."

여전히 창백한 얼굴로 그녀는 쭈뼛쭈뼛 걸어왔다.

"몸은 좀 어때요?"

"괜찮아졌어요."

문뜩 그녀를 처음 만났을 때가 기억이 났다.

그리 좋은 만남은 아니었지만 그녀의 얼굴만은 아름다웠지. 지금처럼. 그러고 보면 나는 여자라는 인간에 대해 너무 무지했고, 감정이 없었다.

비상식적이라고 느껴질 정도로.

그만큼 감정이 돌처럼 굳어 있었다.

인간에 대한 불신이 여자를 향한 감정마저 흔들리지 않도록 고정시켰던 것이다.

나는 마지막으로 철제 장갑을 손에 끼워 맞추면서 물었다.

"대답을 안 하셔도 상관없지만 에아르웬님은 그때 왜 용병들에게 당할 뻔했던 거죠? 활을 잘 쓰시지 않습니까?"

그녀가 잠깐 내 눈치를 살피자 나는 피식 웃었다.

"진실되게 말해주세요. 그 어떠한 답이 나와도 고개를 끄덕일 용의가 있으니까."

"왜 묻는 거죠?"

"그냥 순수한 궁금증."

"너무 피곤해서 잠깐 나무에 기대어 잠이 들었어요. 제가 귀가 밝은 데도 불구하고, 너무 피곤해서 발소리를 그만 못 들었죠. 제가 허리춤에 매고 있던 짐을 그들이 그만 가져가 버려서……."

"화살이 없어졌다, 이거로군요. 알겠어요."

나는 갑옷을 입고 망토를 걸쳤다.

"정말이에요. 믿어주세요. 다신 당신에게 거짓말하긴 싫어요."

그녀의 눈이 투명하게 반짝였다.

"믿음이라는 건 다른 사람들에 비해 제겐 상당히 크게 작용해요. 그래서… 입에 담기가 조금 어렵군요."

그녀가 슬픈 눈빛으로 나를 보았다.

"어라? 그리고 보니 제가 키가 조금 컸군요."

나는 손으로 내 머리를 짚으며 조금 놀란 듯 웃었다.

에아르웬이 고개를 끄덕였다.

"저보다 아주 조금 큰 정도였는데 이젠 얼굴 하나 차이가 나네요."

에아르웬이 웃으니까 마치 빛이 나는 것 같았다.

가까이 와서 내 키를 재보는 모습을 보였는데, 솔직히 지금은 심장이 꽤 흔들렸다. 내가 그녀의 눈동자를 꽤 뚫어지게 쳐다보자 그녀의 얼굴이 조금 빨개졌다.

"뭐, 뭐가 묻었나요?"

나는 고개를 저었다.

"아니."

존대를 하지 않아서일까? 그녀는 깜짝 놀란 얼굴로 나를 봤다. 그녀의 어깨가 가늘게 떨리고 있었다. 서로의 심장과 심장이 맞물리는 기분이 들어 묘한 감정이 나를 휘감았다.

"전쟁이 끝나고 돌아오면 그때부턴 지금처럼 말을 높이지 않을 생각이야."

그녀는 무슨 이유에선지 내 눈을 계속해서 보지 못했다.

나는 그녀의 모습을 눈에 기억시키려는 듯 눈 한 번 깜짝이지 않았다.

"다음에 얼굴을 볼 땐 에아르웬님이 아니라 에아르웬이라고 부를게."

지금 말하고 있는 게 왠지 나 같지가 않았다.

말투가 너무 상냥해서 양심에 금이 가다 못해 찢어지는 느낌이었다.

"……."

내가 몸을 돌려 문고리를 잡았을 때 에아르웬이 물었다.

"이유가 뭐죠?"

내가 그녀에게 말을 높이지 않는다는 것은 사실 꽤 의미가 깊은 것이었다. 그녀에게 쌓아놓았던 벽을 허문다는 것이니까.

"내가 너에게 말을 놓는 이유가 궁금한 거라면……."

나는 살짝 웃었다.

얼굴이 좀 화끈 달아올랐다.

"좋아하는 것 같다. 나도 믿어지진 않지만."

좋아하면 좋아하는 거지 믿어지지 않는다는 건 또 뭘까?

나는 내 자신이 한심해져서 도저히 얼굴을 들 수가 없었다.

철컥—

문을 열었을 때 그녀가 마지막으로 물었다.

"내가 만약 브로크웨이라면요?"

에아르웬에게로 돌아보았다.

그녀의 눈에 눈물이 맺혀 있었다.

당장이라도 눈물이 떨어질 것처럼 그렁그렁했다.

나는 한참 동안 그녀의 눈을 바라보다가 입을 열었다.

"그런 눈동자를 가진 존재라면 내 심장을 준다고 해도 왠지 상관없을 것 같아."

그녀가 고개를 숙였다.

손으로 눈을 가렸는 데도 눈물이 손가락 사이로 떨어져 내리고 있었다. 그토록 지키고 싶었던 심장을 어째서 그녀에게만큼은 주고 싶었던 것일까.

그동안 그녀가 나를 지켜주었던, 보살펴 주었던 기억이 주마등처럼 머리를 스치고 지나갔다.

표현하진 않았지만 나의 감정을 가장 크게 흔든 사람.

나는 한쪽 뺨에 흐르는 낯선 눈물 한줄기를 차가운 손으로 닦아내며 군사들에게로 향했다.

Chapter 34

출전

1

성문을 나서자 웅장한 군사들의 자태가 드러났다.

대규모의 군사들과 빛의 기사단으로 보이는 은색의 갑옷을 입은 번쩍이는 기사들은 내가 나타나자 기다렸다는 듯이 일제히 시선을 쏟아냈다.

말을 올라타고 앞으로 향했을 때, 바다가 갈라지듯 길이 쫘르륵 열렸다. 푸른 창공의 하늘 아래 장관이나 다름없는 그 길을 지나면서 여러 가지를 느꼈다.

난 어린 시절 쓰레기통을 뒤지고 다니며 목숨을 부지해야 했고, 빵이라도 하나 훔치려 하다 발각이 되었을 땐 정말 죽을 정도로 맞은 적이 있었다.

가난으로 인해 동생을 버린 개자식이 되기도 했고, 동생의 죽음보다 내 개인적인 두려움이 앞서 세상을 등졌다.

그런 나를 마법사로 만든, 아니, 키운 이클레이드.

모든 파멸의 원천은 당신으로부터 시작된 게 아니라 어쩌면 나의 예정된 운명의 굴레였을 것이다. 나는 차갑게 가라앉은 눈으로 가장 선두에 서 광할한 대지를 바라보았다.

가슴에서 잔잔한 파문이 일었다.

"로크님, 바로 전면전을 감행하실 것입니까?"

"적군이 보이면 나 혼자 단신으로 들어간다. 적당히 헤집어놓은 뒤 내가 하늘 위로 신호를 보내면, 그때 합세하라고 전하라."

베놈의 얼굴이 어두워졌다.

"위험한 전략입니다."

"살기 위한 방법이다."

"네?"

"내가 살기 위한 방법이야."

그래 말 그대로 살기 위한 방법이었다.

내 몸이 부서지는 한이 있더라도 마법체계의 극한을 넘어서야 했다.

내 모든 것을 잃지 않기 위해 혼신을 다해 살아남겠어. 그리고 2천 체계에 도달해야 한다!

주먹을 꽉 쥔 내게서 감당치 못할 엄청난 박력이 쏟아졌다.

마나가 합해져서인지 공기가 삽시간에 무거워졌다. 그것을 느낀 것일까? 군사들 전원의 몸이 굳었다.

긴장한 것이다.

나는 마나로 소리를 확장시킬 수 있는 공간을 만들어낸 뒤 있는 힘껏 소리쳤다.

"브로크웨이 집단을 제서하는 섯이 우리의 복표다! 반드시 제거해야 한다! 준비가 되었는가?!"

온몸이 찌릿찌릿해졌다.

군사들의 눈이 붉어졌다.

형형한 붉은 불빛이 파란 하늘 아래에서 번쩍였다.

내 외침에서 힘의 정기를 받은 것일까?

잠시 멍하니 서 있던 그들이 통렬하고도 시원한 함성을 질렀다. 팔과 등에 소름이 쭈룩 끼치는 엄청난 음성이 터져 나왔다.

"와아아—!!"

두근두근!

일천 명의 군사들과 빛의 기사단의 심장 소리가 무서울 정도로 크게 들렸다.

쿵! 쿵! 쿵!

북을 치는 소리가 울리는 것과 동시에 군사들이 움직이기 시작했다.

"출저어언—!"

시작을 알리는 외침!

무거운 말발굽 소리가 땅을 두텁게 울렸다.

모래 바람이 사납게 일었다.

상대의 정보가 확실하지 않은 상태에서 시작되는 진군은 위축될 수밖에 없었다. 하지만 나로 인해, 내 마법으로 인해 그대들의 사기를 한계치 이상으로 끌어올려 주마.

내가 그대들이 믿을 수 있는 군주가 되어주겠다.

진군을 시작한 지 반나절.

산 하나를 넘은 우리는 가까운 화전민 마을에 자리를 잡았다. 대규모의 군사를 보고 화전민들은 극한의 공포에 떨고 있었다.

모두 집에 틀어박혀 나올 생각을 하지 않아 마을 안은 개미 새끼 한 마리 보이지 않을 정도로 휑했다. 군사들이 집에 들어가 신세를 지면 안 되겠느냐는 말이 빈번히 올라왔지만 난 거절했다.

군사들이 집으로 들어간다고 해도 일천의 군사를 총 합쳐서 계산해 봤을 때, 많아봐야 얼마나 들어가겠는가. 그것은 소수만의 편안함을 제공하게 될 것이고, 그로 인한 문제가 생기기 이전에 미리 차단한 것이었다.

귀찮은 문제를 굳이 발생시킬 필요는 없었다. 때문에 조금은 바깥 날씨가 추움에도 군사들의 수가 많으니 피해를 주지 말라 명을 내릴 수밖에 없었다.

주위를 둘러보니 꽤 크다고 생각했던 화전민 마을도 확실히 일천의 군사가 들어서니 꽉 찼다.

날씨가 추워 군사들이 모두 서로 가까이 붙어 이야기를 나누어 사방이 시끌벅적해졌고, 해가 지자 날씨가 꽤 쌀쌀해지긴 했지만 많은 인원으로 인해 못 견딜 만한 추위는 아니었다.

약간 시원한 정도였다. 하지만 외곽 쪽에 있는 군사들은 꽤 추위에 떠는 듯했다.

자리를 잡고 말에서 내렸을 때, 하늘 위로 새 한 마리가 날아드는 게 보였다. 그 새는 나를 어떻게 알아본 것인지 내 앞으로 정확히 종이 하나를 떨어뜨렸다.

주워 보니 푸른 끈으로 매듭져 있는 편지였다.

말을 탄 경험이 없어 적응하는 데 꽤 시간이 걸렸는지라 몸이 뻐근했다. 힐로 체력을 간단히 회복한 뒤에 끈을 풀고 편지를 펼쳐 보았다.

예정대로 행군.
카이론 산맥에서 정찰 필요.
매복 조심.
대열을 반드시 정비.

J.

짧은 전령이었다.

그런데 J? 누구지?

정보를 전달하는 사람인가 본데…….

불쑥 장 얀느가 떠올랐다.

그럼…….

만약 내가 추측하는 게 사실이라면 대체 무슨 목적일까.

녀석도 정치적인 자리를 원하는 것인가?

"무슨 생각을 그리 골몰히 하십니까?"

베놈이 옆자리에 털썩 주저앉았다.

나는 고개를 저었다.

"아니다."

"로크님, 저 귀 좀……."

베놈이 조심스럽게 귓속말을 전했다.

"델 키오르가 찾아왔습니다."

"그렇군."

내 덤덤한 반응에 베놈이 놀랐다.

"알고 계셨다는 듯한 대답이십니다."

"맞아."

베놈이 경악한 듯 눈을 크게 떴다.

"어떻게……?"

"만났었다. 출전하기 전날."

베놈의 뺨으로 식은땀 한줄기가 흘렀다. 침을 꿀꺽 삼킨 베놈이 주위를 둘러보더니 가까이 다가와 작은 목소리로 물었다.

"녀석의 목적은 무엇이었습니까?"

"도와준다고 하더군. 이유는 가르쳐 주지 않았어. 하지만 그만이 알고 있는 신실이 있겠지."

"그렇다면 합세하지 않는 게……."

"아니. 내 감각이, 내 판단이 맞다면 지금 이 순간 나는 그의 도움이 필요하다."

"적입니다! 우리를 죽음 직전으로 몰아넣었던, 게다가 알비아노마저! 아시지 않습니까?!"

크르릉거리며 베놈이 홍분했다.

얼굴이 붉게 달아올랐다.

코에서 거센 콧김이 흥흥 나왔다.

"너도 꽤 감정적으로 변했구나. 시간이 흐를수록 변하는군."

"살아 있으니까요."

"환경에 의해 변화하는 건, 그래, 비단 인간뿐만이 아니었구나."

베놈은 대답하지 않고 일어났다.

"그럼 명령대로 데리고 오겠습니다."

그는 더 이상 대화할 생각이 없는지 등을 보였다.

나는 씁슬하게 웃었다.

'그래, 모셔와야지. 내 방패막이가 되어준다는데.'

베놈이 멀어지고 나는 하늘을 올려다보았다.

검은 하늘.

수놓은 듯한 많은 별들이 아름답게 번쩍였다.

별은 자체적으로 빛을 발하는 게 아니다. 빛을 반사시키기에 저 칠흑 같은 어둠 속에서 자신을 나타낼 수 있는 거다.

끝이 없는 공간 속에서 자신을 저렇듯 밝게 표현해 낸다.

별이란 그런 것.

나라고 그리 되지 못할까.

내 인생은 어차피 평범해질 수 없었다.

어차피 그런 거라면 이 질긴 목숨을 부여잡고 정상에 올라야지 않겠느냐, 베놈.

"웃차."

몸을 일으킨 나는 시끌벅적한 주위를 둘러보다가 조용히 전략 회의를 위한 천막으로 걸어갔다.

2

아직 전략 회의를 할 만한 상황도, 시기도 아니었기에 천막 내부는 아주 조용했다. 멀리서 들려오는 군사들의 시끄러웠던 소리들도 이곳에선 아주 미약하게나마 들렸다. 나는 좀 더 편안함을 느끼기 위해 마나로 소리를 차단시켰다. 그래서일까? 깜박 잠이 들었다.

그리 피곤하다고는 생각하지 않았는데 나도 모르게 졸았다. 눈을 비비고 잠에서 깨었을 때, 마법이 자동적으로 풀림으로 인해 밖에서 작은 소란이 이는 것을 들었다.

밖으로 나가자마자 한 군사가 뛰어와 소식을 전했다.

"예상치 못한 몬스터의 습격입니다."

"어디야?"

"어서 이리로!"

다급히 뛰어가는 군사를 뒤쫓아가자 곧 바닥이 피로 낭자한 현장을 볼 수 있었다. 상당수의 군사들이 이미 시체가 되어 바닥에 쓰러져 있었다. 그 숫자는 이미 30여 구를 넘어가고 있었다.

일천의 군사들이 갑작스러운 몬스터의 공습에 허둥대고 있었다.

정말이지 욕 나오는 대응이다.

더 이상의 인적 피해를 없애기 위해 나는 서둘러 군사들을 퇴각시켰다.

"대체 빛의 기사단은 어디서 뭐 하고 있는 거야?"

옆의 노랑 머리에 꽤 젊어 보이는 한 군사가 하얗게 탈색된 얼굴로 울먹이며 말했다.

"정보를 전했음에도 검을 들기는커녕 들은 척도 하지 않았습니다."

나는 실소를 흘렸다.

"반항인 건가?"

"예?"

"아니다."

미노타우르스 10여 마리.

바보같이 공포감에 물들어 허둥대는 꼴이라니.

쿠우우우우!!

미노타우르스의 괴성이 울려 퍼지자 군사들은 귀를 막으며 뒷걸음질쳤다. 확실히 온몸이 밀려 나갈 정도로 엄청난 음성이었다.

혼자서 앞으로 걸어나오는 나를 발견한 미노타우르스들이 흥분한 듯 씩씩거리며 자신들의 도끼를 치켜들었다.

양손에 도끼를 들고 있는 모습은 가히 오금이 저릴 만큼 박력있는 모습이었다. 그간의 시체가 그들의 잔인함을 미리 알려주는 듯했다.

쿠루루루루.

사실 몬스터들이란 내게 있어 아주 친근한 녀석들이다. 베놈도 그렇고, 어렸을 때부터 몬스터들을 보고 자랐으니까 위화감조차 들지 않는다. 그러니까 녀석들의 흉흉한 기세라고 해봐야 별거 아니라는 거다.

나는 부드럽게 녀석들의 품으로 뛰어 들어갔다.

무모해 보였던 걸까?

군사들은 얼굴을 찡그리기도 했고, 차마 못 보겠다는 듯 고개를 돌리기도 했으며, 어떤 놈은 남자 주제에 비명을 지르는 녀석도 있었다.

'한심한 놈들.'

평범한 군사들에게 있어서 희귀성까지 가지고 있는 이 상급 몬스터들은 그들에게 있어서는 상당히 버거운 상대인 것 같았다. 하지만 아무리 그래도 어떻게 일천의 군사가 고작 열 마리의 몬스터에게 쩔쩔맨단 말인가.

아무리 힘이 있는 자와 없는 자와의 차이가 존재는 하지만, 이렇게나 의욕들이 없어서야 어찌 같이 피의 길을 걷겠는가.

"흥!"

쾅쾅쾅!

녀석들의 정중앙으로 파고들 때 도끼가 아슬아슬하게 내 몸을 스치고 바닥에 틀어박혔다. 요즘 들어 몸을 움직이는 일이 잘 없었더니, 감각이 무뎌졌나? 자칫했다간 살점 하나가 뎅강 잘려 나갈 뻔했다.

아무튼 정중앙으로 파고들자 나를 중심으로 도끼들이 무더기로 떨어져 내렸다.

나는 즉시 마법을 시행했다.

"체인 라이트닝."

파지지직!

내 주위로 커다란 전력이 방출되었다.

그것은 이웃된 몬스터들마저 감전시키기 때문에 이런 위치에서는 상당히 유용한 마법이었다. 전력에 감전된 미노타우르스들은 비틀비틀거리면서 뒷걸음질을 쳤다. 나는 녀석들의 체력을 잘 알고 있기에 시간을 끌지 않고 바로 마법을 시행했다.

1,217체계.

모래의 신 샌드맨터릭.

바람의 힘을 빌려 폭풍이 되어라.

지옥의 시야.

"거스트 오브 윈드(Gust of Wind)!"

마법이 발현됨과 동시에 내 주위로 끔직하리만큼 거대한 모래 바람이 일었다. 그것은 순식간에 미노타우르스들의 시야를 가렸고, 움직임에 제동을 걸게끔 만들었다.

채앵!

검을 뽑는 즉시 한 녀석의 머리 위로 뛰어올랐다. 떨어져 내리면서 검을 정수리에 박아넣자 붉은 피가 분수처럼 뿜어져 나왔다. 비명도 지르지 못한 채 거구의 미노타우르스가 쓰러졌다.

쿠웅!

동료의 피 냄새를 맡자 미노타우르스들은 극도로 흥분했다. 무작위로 자신의 도끼를 휘둘러 댔는데, 그 덕분에 서로가 서로를 베어내고 있었다.

멍청한 놈들, 죽고 싶어 환장들을 했군.

나는 녀석들의 도끼가 사정거리에 미치지 못하도록 땅바닥을 거의 기다시피 뛰었다. 그리곤 검에 마력을 불어넣고 빠른 속도로 휘둘렀다.

눈에 아이즈 마법을 걸어놓았기에 모래 폭풍 속에서도 나는 자유자재로 움직일 수 있었다. 그건 상당한 콤비네이션 효과를 이끌어냈다.

파바박!

발목의 아킬레스건을 끊자 녀석들이 몸을 가누지 못하고 사정없이 흔들리기 시작했다. 하체를 지탱할 힘을 잃으면 상체적 근육 능력도 기하급수적으로 떨어지는 것은 당연한 것이다.

당황한 나머지 녀석늘은 흥분과 당혹성을 동시에 가지게 되었고, 그것은 전투력의 하강을 직접적으로 암시했다. 허둥대고 있는 몬스터들을 보며 나는 입가에 빙그레 미소를 그렸다. 군기를 잡을 필요가 있었기에, 마법은 보여주었으니 이제부터는 검으로 인한 피의 향현을 보여줘야겠다.

홀쩍 뛰어오른 나는 한 마리의 미노타우르스 이마에 검을 박아 넣은 뒤 마법을 실현했다.

"붐 파이어(Boom Fire)!"

검이 폭발했다. 그와 동시에 미노타우르스의 단단한 머리가 산산조각 났다. 내 앞모습은 악귀에 가까웠다. 미노타우르스의 붉은 피를 뒤집어쓴 나는 하얗게 안광을 번쩍이며 옆에서 돌격해 들어오는 미노타우르스를 상대했다.

커다란 배틀 엑스가 머리 위쪽을 스치고 지나갔다. 윗머리가 시원하다고 느끼면서 나는 몬스터의 옆구리에 손을 접촉시켰다.

"1,330체계. 헤르니아(Hernia)."

두텁고 낮은 음성이 음산하게 울려 퍼졌다. 손에서 푸른 빛이 일렁이는 순간 미노타우르스의 몸이 흉측하게 일그러지기 시작했다.

혈관이 팽창되다가 이내 이탈되며 몸의 내부는 심각하게 파열되기 시작했다. 미토타우르스의 입과 귀, 그리고 코에서 붉은 피가 폭포처럼 쏟아졌다.

푸우우우우!

녀석을 발로 걸어 넘어뜨린 뒤, 나는 남은 녀석들에게로 뛰어들었다. 놈들은 죽음의 공포에 입각한 것인지 도주하기 시작했다. 한쪽 발을 질질 끌며 도망가는 미노타우르스의 모습은 아이러니했다.

사실 미노타우르스는 상급 중에서도 상급 몬스터.

보통의 인간으로서는 확실히 공포의 대상이다. 나는 손을 들어 올렸다. 마법을 쏘는 것보단 녀석들에게 살상의 촉감을 가르쳐 주는 것도 나쁘진 않겠지.

"화살병!"

이내 화살이 비 오듯 쏟아지기 시작했다. 하지만 단단한 피부를 가지고 있는 미노타우르스의 몸은 화살을 맞아도 가벼운 상처만 생길 뿐, 박혀 들어가진 않았다. 실로 엄청난 육체였다.

손을 들어 더 이상의 화살 지출을 막았다.

"후우."

숨을 깊게 내쉬며 주위를 둘러보자 마치 태풍이 휩쓸고 지나간 듯했다. 시체와 엉망으로 변해 버린 주위는 무서울 정도로 처참한 흔적을 남겼다.

나무는 형편없이 꺾이고 찢어져 있었고, 거대한 미노타우르스와 군사들의 시체는 눈을 가리고 싶어질 정도로 참혹한 광경이었다.

나는 나지막하게 명령했다.

"몬스터는 놔두고 동료들의 시체를 거두도록 하라."

"예!"

내 전투 능력을 본 군사들은 군기가 꽉 잡혀져 있었다. 녀석들이 날 바라보는 시선이 어느새 동경과 존경의 눈빛으로 바뀌었다. 몇 가지 조정이 필요하겠어. 사기는 둘째 치고, 녀석들의 전투 의욕이나 자신감이 생각보다 심각했다.

나는 몇 가지 지시 사항을 내린 뒤, 빛의 기사단이 있다는 곳으로 향했다.

3

예상대로 실력만으로 따지다 보니 현재 빛의 기사단은 전체의 인원 중에서 은빛기사단이었던 인원이 70%가 넘었고, 그 이외의 검사는 크게 눈에 띄지 않았다. 한창 서로가 대립하고 있었던 것을 나타내는 것인지 은빛기사단이 아니었던 기사들은 모두 상기된 얼굴로 그들을 노려보고 있었다.

"은빛기사단을 제외하고 나머지는 모두 나가 있어."

그야말로 난장판이었다.

테이블 위에는 귀한 보충 식량이 제멋대로 널려 있었고, 술을 얼마나 퍼먹었는지 대부분 얼굴이 벌겋게 달아올라 있었다. 은빛기사단을 제외한 인원이 나간 후, 한 기사가 내게로 걸어와 어깨에 손을 올렸다.

"당신, 너무 거만한 거 아니야? 낙하산으로 앉은 직위. 걍 버리는 게 어떻수? 당신 뒤따라가다가 우리의 이 황금 같은 목숨을 날리면 당신이 책임질 거야?"

정말이지 막 나가는 놈들이다.

삐뚤어질 대로 삐뚤어진 녀석들을 나는 절대로 받아줄 생각이 없었다.

"모두들 돌아가도 좋다. 나를 상관으로 인정하지 않겠다는 뜻은 잘 알았으니. 모두 바이슨으로 돌아가도록 해."

"잉? 우리가 없으면 그 무시무시한 녀석들은 어떻게 처리할 생각이지? 저런 오합지졸인 병력으로? 크히히, 보나마나 패잔병이 될 게 틀림없어 보이는데 말이야. 우리 로크님은 어떻게 생각하시나?"

벌컥벌컥.

목으로 흘러내리는 술 냄새가 지독했다.

얼마나 높은 도수인지 냄새만으로도 코가 마비될 정도였다.

"나도 상관으로서의 지위가 있다. 더 이상의 무책임한 행동은 용납하지 않겠다."

"새파랗게 어린놈이 꼴에 지휘를 한다니. 말세로군, 말세야."

몸을 돌려 자신의 동료가 있는 쪽으로 비틀비틀 걸어갔다. 은빛기사단이었던 놈들 대부분이 나를 보며 조롱하듯 웃었다.

"잘들어. 동료란 서로와 서로가 힘을 모아 서로를 지켜주는 것이다. 그런데 너희들은 스스로를, 그리고 동료를 죽음으로 몰아가고 있었어. 그런 무책임한 행동을 이제 나는 더 이상 지켜만 볼 수 없기에 너희들에게 군의 식사는 물론, 잠자리까지 허용해 줄 생각이 없다. 바이슨으로 돌아가든지 우리를 따라오든지, 아니면 적이 되든지 마음대로 해. 바로 지금부터."

내가 몸을 돌릴 때, 한 사내가 일어나 소리쳤다.

"무슨 개소리야! 네가 뭔데 우리보고 이래라 저래라냐고! 웃긴 놈일세! 정말 죽고 싶……."

콰아아앙!

바닥에서 거대한 얼음이 솟아올랐다.

"……!"

방금까지 소리치던 그는 술이 다 깬 얼굴로 나를 어설프게 노려보았다. 나는 차가운 시선으로 그를 뚫어지게 노려봤다.

"지금부터 한마디만 더 해봐. 적으로 간주하고 사살하겠다."

"그 무슨……."

스르릉―

검을 꺼내려던 나를 한 사내가 만류했다. 그는 일전, 아주 특별한 인상을 남겼던 녀석이다. 꽤 실력있는 놈으로 기억한다.

경험을 담고 있는 눈동자.

그 눈동자는 다른 이들과는 확연하게 달랐다.

"저는 군대에 남고 싶습니다. 저런 동료들과 더 이상 저도 함께할 생각이 없습니다."

"페리우스! 너, 말 다 했어?!"

페리우스라 불린 사내가 싸늘한 시선으로 사내들을 둘러보았다.

"이미 기사이기를 포기한 것은 나 역시 동감하는 점. 과거를 지울 수 없다면 너희들이 떠나라. 아니면 진심으로 함께 전장의 길을 가던지."

페리우스는 내게 목례한 뒤, 빠른 걸음으로 자리를 벗어났다. 한 사내가 내게 덤벼들었다.

"이런 빌어먹을 자식 때문에, 젠자앙—!"

술 때문인지 비틀거리며 달려온 그가 주먹을 날렸다. 나는 더 이상 봐줄 생각이 없었다. 한 번 내뱉은 말은 지켜야 하지 않겠는가? 검을 완전히 뽑은 뒤, 순식간에 그의 안쪽으로 파고들었다. 유연한 움직임은 꽤 그림 같은 풍경을 만들어냈다. 그의 허벅지에 검을 찌른 뒤 팔꿈치로 턱을 올려쳤다. 몸이 무너지며 아래로 추락하는 녀석의 목을 손으로 움켜쥐었다. 그리곤 검을 뽑자 허벅지에서 피가 울컥울컥 흘러나왔다.

"끄우욱!"

나는 터질 것처럼 붉게 피가 쏠려 있는 그의 얼굴에 가까이 다가가 그와 시선을 마주쳤다. 나는 눈을 크게 뜨고 그를 죽일듯이 노려봤다.

"정신을 분열시켜 줄까, 극한의 고통을 줄까?"

그의 몸이 떨리는 게 느껴졌다.

단검으로 그의 뺨을 깊게 긁었다.

몸을 벌벌 떨며 입에 거품을 물었다.

"그, 그만! 아니, 그만 해주세요. 흐흑!"

움켜쥐고 있던 사내를 바닥에 내팽겨친 뒤 발로 턱을 강하게 걷어찼다.

퍼억!

"우억. 쿨럭!"

나는 완전히 사적인 감정을 제외한 시선으로 그들을 보았다.

"술이 깨거든 마음 굳게 먹고 덤벼봐. 내가 왜 단번에 일천의 군사를 손에 쥐고 네놈들의 상관이 되었는지 실감나게 가르쳐 줄 테니까. 하지만 그때부터는 목숨을 각오하고 와라. 더 이상의 감정은 네놈들에게 사치니까. 네놈들은 이제 빛의 기사단이 아니라 내 눈엣가시다. 모습을 드러내지 않는 게 신상에 좋을 테니. 그리 알도록."

나일까, 아니면 자신을 향한 분노일까. 그들은 몸을 가늘게 떨고 있었다. 증오 어린 시선이라면 오히려 환영이다. 켜켜이 쌓여 있는 내 파괴 감정을 조금이나마 풀어낼 대상이 될 테니.

막혀 있는 녀석들의 정신 상태를 뚫어줄 만큼 나는 감정이 앞서는 사람이 아니다.

소설 속에나 나오는 그런 주인공이 아니다. 더불어 쓰레기들을 데리고 시간을 낭비할 정도로 멍청한 사람도 아니다. 인격이 없는 존재들보다 내 자신이 늪에 빠진 상황인데 어찌 남부터 도울 수가 있을까.

베놈이 밖에서 기다리고 있었다.

"어떻게 되었습니까?"

"썩어버린 부위가 있다면 잘라내야지. 앞으로 녀석들에게 단 한 줌의 식량도 제공치 말도록. 문제를 일으키면 즉시 보고토록 하라."

날씨가 추워졌다.

앞으로 더욱 추워지겠지.

내 마지막 기회를 뒤엎고 다시 한 번 실망시킨다면, 놈들과의 인연은 거기까지다.

4

내가 자리를 잡아놓은 천막으로 돌아왔을 땐 델 키오르가 도착해 있었다. 그의 주위론 군사 십여 명이 서 있었다. 상당히 경계 어린 시선으로 보고 있는 걸로 봐서는 문제를 일으켰나?

"자주 보는구먼, 로크 군."

군사 하나가 가까이와 조심스럽게 내게 물어보았다.

"아시는 분이십니까?"

"그래, 그런데 무슨 일이 있었나?"

"딱히 그런 것은 아닙니다마는……."

"말을 확실히 끝맺어라."

군사가 델 키오르를 한 번 돌아본 뒤 입을 열었다.

"신분 검사를 거치지 않고 막무가네로 이곳으로 들어왔습니다. 하지만 로크님과 친분이 깊은 사이라고 계속해서 말하길래 이러지도 저러지도 못하고 그저 경비만 서고 있던 중이었습니다."

힘없는 군사들을 긴장시키는 걸 즐기는 모양이다. 좀 이상한 놈이라고는 생각했지만 속을 알 수 없는 놈이라 여간 꺼림칙한 게 아니었다. 하지만 이미 엮여 버린 관계. 이미 너무 복잡해져 버렸다.

"여긴 괜찮으니 그만 나가보도록."

"다른 명령은 없으십니까?"

손사래를 저으려던 나는 번뜩 떠오르는 게 있어 한 가지를 지시했다.

"아, 혹여 빛의 기사단이 문제를 일으키면 곧장 나에게로 보고하도록 해라."

"알겠습니다."

군사들이 우르르 나간 뒤, 델 키오르가 입을 열었다.

"형편없는 군사들이더군. 실력이나 뭐나, 바이슨의 국왕이

널 꽤 하찮게 대하는 모양이야. 저딴 걸 군사라고 내보내다니."

"아직은 그럴지도."

그가 히죽 입꼬리를 올렸다.

"자네의 장점 중 하나가 뭔지 아는가?"

"……?"

내가 의아한 듯 바라보자 그는 쿡쿡 웃었다.

"바로 현실을 인정하고 미래를 계산하는 능력. 아주 차가운 군주감으로 손색이 없지."

"그런가?"

"아주 어린 데도 불구하고 마치 경험 많은 능구렁이처럼 말이야."

그의 눈이 뱀처럼 가늘어졌다. 금방이라도 뱀의 혀가 입에서 낼름 나올 것 같은 표정이었다. 실로 소름 끼치는 음색과 표정이었다.

"내 예상이 틀리지 않다면, 너는 아주 무서운 놈으로 성장하게 될 거다. 하지만 그 과정이 상당히 힘들겠지. 어떻게 헤쳐 나갈지는 나 역시 흥미로워하고 있어."

나는 기가 막힌 실소를 흘렸다.

"당신이 왜?"

"그 이유를 알 때 즈음이면, 너와 나 둘 중 하나는 숨을 쉴 수 없겠지."

"싱거운 대답이네."

"이 대답이?"

"어차피 진실은 시간이 지나야만 알 수 있는 거라면 이미 예상했던 거니까."

펄럭—

그 순간 예상치 못한 이가 등장했다.

그는 감옥에서 저 혼자 자리를 벗어난 록 켄드였다.

Chapter 35

견제

1

록 켄드는 여전했다.

싸늘하지만 잘생긴 외모하며, 검은 로브를 두른 그에게서 느껴지는 어두운 분위기 역시 예전 그대로였다. 다만 변한 게 있다면, 눈빛이 조금 변했다는 것 정도였다.

그는 델 키오르를 다소 거만한 시선으로 내려다보다가 의자를 하나 끌고 와 다리를 꼬며 앉았다.

"오랜만이군."

록 켄드가 목 근육을 뚜둑거리며 그렇게 말했다.

분명 인사는 나에게 한 것이지만 그의 시선은 델 키오르에게 가 있었다. 서로 통성명도 하기 전에 록 켄드는 적대감을 드러내고 있었던 것이다.

"그동안 뭐 하고 지냈어?"

"그 이야긴 따로 둘이 있을 때 하도록 하고, 내 앞에 있는 이 자식은 누구야?"

"브로크웨이."

록 켄드가 고개를 갸웃거렸다.

그럴 만도 하다.

내 심장을 하이에나처럼 노리는 게 브로크웨이인데 한자리에서의 이런 대면 상황은 아이러니하겠지.

"이유는 아직 모르겠지만 날 돕겠다고 하더군."

내 말에 록 켄드가 웃음을 터뜨렸다.

"그 말을 어떻게 믿지?"

"날 죽일 수 있음에도 불구하고 검을 거두었다. 아직 적군의 규모를 모르는 상황이다. 예측이 안 되는 싸움에 있어서 도움을 거절할 여건이 안 돼. 그 이유가 어찌 되었든 말이야."

록 켄드는 내 말에 적당히 수긍이 가는지 어깨를 으쓱이고는 내 방을 구경했다. 델 키오르는 아무 말 없이 록 켄드를 노려보다가 미간을 좁혔다. 그리고 넌지시 던진 말에 록 켄드의 움직임이 멈췄다.

"인간이 아니군."

록 켄드가 델 키오르에게 싱긋 웃어 보였다.

"마족이지, 마왕의 피를 이어받은. 왜? 내게 흥미가 있나?"

"조금은."

"신경 꺼라. 네놈 따위에게 그런 관심 따윈 받고 싶지 않아. 한 번만 더 그런 오만한 시선으로 날 쳐다보면 두 눈을 파내 버릴 테니 입 닥치고 있어."

델 키오르는 순순히 받아들였다.

놀라운 일이었다.

한바탕 싸움이 벌어져야 하거늘, 델 키오르가 믿을 수 없을 정도로 자제하고 있다.

록 켄드가 나를 불렀다.

"이봐, 로크. 내 도움이 필요하다면 도와줄 용의는 있는데 말이야."

"고맙게 받아들이지. 하지만 어떤 역할일지는 생각을 좀 해봐야겠어."

"단순한 거 아니었어?"

"전투를 치르기 직전에 알려주마. 궁금증은 잠시 접어둬."

"뭔가 계획이 있나 보군."

나는 바닥의 모래를 한 움큼 쥔 후 손에 힘을 풀었다.

스르르.

부드럽게 흘러내리는 모래를 느끼며 비장하게 말을 내뱉었다.

"체계의 마도사, 그 이름이 곧 대륙을 뒤흔들기 시작할 거야."

록 켄드가 킬킬 웃었다.

"너의 그 거대한 목표를 이루기까지 오랜 시간이 걸리진 않을 것 같군."

나는 이를 바드득 갈았다.

"맞아, 단시간이지. 두 달, 그 짧은 순간에 침몰하는지 함락하는지가 결정될 거야."

그가 의아한 듯 물었다.

"두 달이라니?"

"두 달 안에 2천 체계를 넘어서지 못하면 나는 마법을 잃는다."

"하하하, 그거 엄청 스릴있겠는데."

"웃을 일이 아니야."

펄럭.

록 켄드와의 대화 중에 한 군사가 급히 뛰어 들어왔다. 상기된 얼굴의 그를 본 나는 불안해졌다. 뭔가 일이 터진 모양이다.

"뭔가?"

"싸움이 났습니다."

"싸움이라니?"

"예!"

보나마나 은빛기사단이 문제를 일으킨 게 틀림없다. 나는 곧장 일어나 그의 안내를 받고 뛰어갔다.

단 하루도 조용히 넘어가질 않는군! 나, 로크의 성격이 물러터졌다고 생각했다면 그건 큰 오산이었어.

상당히 흥분된 상태로 상황이 벌어진 곳에 도착한 나는 아랫입술을 지그시 깨물었다. 어디서 처먹은 것인지 술에 만취된 상대로 예진의 은빛의 기사단이 또다시 행패를 부리고 있었다.

무기를 휘두른 것인지, 다친 군사들이 흥분한 것을 주위에서 말리고 있었던 듯하다. 내가 도착하자 공기는 찬물을 끼얹은 것처럼 싸늘해졌다.

식량을 제멋대로 입에 처넣던 그들이 나를 보고는 일제히 웃었다. 대체 무엇이 이들을 이렇게 만든 것인가! 적어도 예전의 소문들로 유추해 보면 절대로 상상이 가지 않는 행동들이었다.

필시 이유가 있겠지! 하지만 과거의 기억에 붙들려 이렇게 나약해진 녀석들이라면 제거하겠다.

스르릉!

검을 빼 들자 수위 군사들의 얼굴이 사색이 되었다.

나는 정의로운 군주를 지향하지 않는다.

오히려 폭군에 가깝겠지.

내가 추구하는 성향은 바로 그런 것이다.

쉬이익!

거세게 바람을 가르며 날아간 검이 가슴을 베었다. 붉은 피가 폭포처럼 바닥으로 쏟아졌다. 너무 놀라 눈을 동그랗게 뜬 기사는 비틀거리며 뒤로 쿵! 쓰러졌다.

그의 목에 검을 쑤셔 넣었다.

푸부북!

검이 피로 물들고 분위기는 돌이킬 수 없도록 변해 버렸다. 동료의 죽음을 본 사내들이 득달같이 달려들었다.

"아이스 매직(Ice Magic)!"

쉬익!

퍼버벅!

원뿔로 된 얼음 마법이 기사들의 몸을 관통했다.

"으아악!"

주위에 있던 군사들이 비명을 지르며 뒤로 물러났다.

도미노처럼 쓰러진 빛의 기사단은 너무 무력했다. 술에 취한 그들의 최후는 정신이 망가진 만큼 죽음조차 초라했다.

피로 넓게 번진 시체를 멍하니 바라보던 군사들에게 명령했다.

"나는 나를 믿고 따르는 이에게는 무한한 버팀목이 되어줄 것이지만, 문제를 일으키는 군사 따윈 전혀 필요치 않는다는 걸 기억하도록. 알겠는가?!"

쩌렁쩌렁한 내 외침에 군사들이 귀가 멍멍할 정도로 크게 대답했다.

"예!"

군사들에게 명령해 시체를 치우는 중에 빛의 기사단이 소식을 들은 것인지 한꺼번에 몰려왔다. 그들의 눈이 분노로 이글이글 타올랐다. 동료의 죽음 때문에 눈에는 작은 눈물도 그렁그렁 맺혀 있었다.

"이게 무슨 짓이야!"

나는 가소로운 듯 웃었다.

"아직도 남아 있었나?"

"무슨 짓이냐고 묻잖아!"

초록 머리의 사내는 충혈된 눈으로 나를 죽일 듯이 노려보고 있었다.

"너희들은 더 이상 내 관할이 아니다. 그런데 문제를 일으켰으니 즉결 처분을 해야 하지 않겠느냐?"

내가 어깨를 으쓱거리자 달려들려는 그를 다른 빛의 기사단이 잡았다.

"고작 그런 일로 사람을 죽이다니. 그것도 같은 편을!"

"같은 편이라니? 생각을 좀 정리해야 할 필요가 있을 것 같군."

"이러고도 네놈이 무사할 것 같아? 우리가 어떤 가문의 일족인지 모르는 거냐?"

"알고 싶지 않아."

나는 그들을 싸늘하게 응시했다.

"지금 당장 죽고 싶지 않으면 내 눈앞에서 사라져라. 처음 이자 마지막 경고다."

콰과광!

검은 돌기둥이 그들 앞으로 무섭게 치솟아올랐다. 마나의 변화를 주자 돌이 깨어지며 산산조각 났고, 그것은 마치 폭발물처럼 날아가 그들을 위협했다.

확실히 술에 취하지 않은 그들은 꽤 실력이 있는지, 검을 꺼내어 날아온 돌 조각을 간신히 쳐냈다. 검을 쥔 채로 물러서지 않겠다는 듯 꼿꼿이 서 있는 모습을 보니 숨이 막혀왔다.

가르침을 베풀었음에도 저런 오만한 모습을 보고 있자니 피가 거꾸로 솟는 것만 같았다.

"동료의 복수를 갚겠다!"

과장된 소문이었군.

단지 가문을 등에 업은 형편없는 쓰레기들이었다.

그 소문들은 모두 부풀려진 거짓이었다.

나는 분명 그렇게 느꼈다.

챙챙챙!

녀석들이 박력있게 검을 빼 들었다.

빛의 기사단이 전부 온 것은 아니었다.

약 절반 정도.

내게 검을 겨눈 이상, 더 이상의 경고는 없었다.

이제 놈들은 적으로 간주한다.

뜨거운 살기가 온몸에서 피어오르기 시작했다.

츠츠츠츠!

무형의 살기가 거대하게 일렁이기 시작하자 그들은 당황한 듯했다. 마력을 끌어올리면 분위기와 공기 자체가 급격하게 달라지는 것은 당연한 것이다.

숨을 못 쉴 정도로 강한 압박감을 느끼게 된다.

한 발자국 앞으로 내딛는 것에도 엄청난 용기를 필요로 하게 된다. 그것이 마법사와 싸우는 가장 기본적인 투쟁.

고작 네놈들이 나와 해보겠다는건가?

내 눈에서 푸른 마나가 서서히 퍼져 나가더니 그것은 이내 붉은 형상을 그려내기 시작했다. 마치 피의 강처럼 붉은 강을 보는 것만 같았다.

이것은 1,405체계. 데드라인(Deadline)!

이 붉은 기운에 접촉되는 순간 움직임은 경직되고, 온몸의 근육이 급속도로 팽창되어 심각한 통증을 유발시킨다.

이미 데드라인에 접촉된 그들은 벌써 반응이 온 것인지 비틀거리기 시작했다.

"화살병, 준비하라."

음산한 저음이 내 입에서 흘러나왔다.

명령이 떨어지기 무섭게 화살병들이 빛의 기사단을 향해 조준했다.

척척척척—

무기의 종류는 다양했다.

크로스 보우부터 시작해서 철궁까지 각기의 취향을 가진 활을 든 군사들의 눈빛에는 단 하나의 망설임도 없었다. 내게서 명령이 떨어지는 그 순간, 화살은 무자비하게 쏘아지는 것이다.

죽음에의 입각.

이제야 그들의 얼굴과 눈빛에 공포가 어렸다.

"언제까지 네놈들의 장난을 받아줄 거라 생각했나?"

마력을 살짝 거두자 녀석들이 겨우 말은 내뱉을 수 있는 정도가 되었다. 문득 반응이 궁금해졌다. 그래서 대답을 기다리자 얼마 지나지 않아 한 녀석이 입을 뗀다.

내게 바락바락 소리 질렀던 초록 머리의 사내였다.

"우리를 모두 죽이면 왕궁으로 돌아갔을 때 어찌할 생각이냐?! 우리의 영향력을 우습게보는 거라면……!"

나는 잔혹하게 웃었다.

"미노타우르스 10마리는 가벼운 존재가 아니지. 싸우다 죽었다고 해버리면 그만. 미노타우르스의 시체 옆에 고이 묻어주마."

그들의 얼굴이 순식간에 눈처럼 하얗게 변했다.

"거, 거짓말이지?"

나는 옆에 무릎을 꿇고 화살을 겨누고 있는 군사의 활을 뺏어 들었다.

푸슉!

퍼벅!

"크아아악!"

화살이 어깨를 관통했다.

예리하게 날아간 화살은 엄청난 관통력으로 단숨에 뼈를 으깨고 초록머리사내의 어깨를 통과한 것이다.

"훌륭한 활이군."

활을 손으로 슥슥 매만지고 있는 나를 보는 그들은 완전히 질렸다는 표정이었다.

내가 활에서 시선을 떼고 그들에게로 눈빛을 주자 모두 필사적으로 몸부림쳤다. 나는 그 순간 마력을 강화시켰다. 그들의 입과 귀에서 피가 터져 나왔다.

붉은 피를 토해내고 몸이 비틀리며 바닥을 구르는 모습은 화살을 겨누고 있는 군사들에게도 공포, 그 자체인 모양이었다.

활을 들고 있는 그들의 팔이 떨리고 있었다.

분위기를 다잡을 필요가 있다.

나, 로크의 군사는 얼음보다 차가운 분위기를 가지고 있다는 것을 알려줄 필요가 있었다.

나는 아주 냉철하게 말했다.

"초록머리를… 사살하라."

명령이 떨어지는 즉시 화살이 쏟아졌다. 극한의 집중력이 발휘되었다. 명령을 완수하기 위해서일까? 다른 사람을 제외하고 오직 초록머리만이 화살에 집중되어 맞았다.

퍼버버벅!!

고슴도치처럼 변한 그는 처참하다 못해 지옥의 광경을 보는 것만 같았다.

"보기 흉하군. 가져다 버려."

부하들이 초록머리의 다리를 질질 끌고 간 자리에는 붉은 흔적이 짙게 남았다.

"이제 현실이 좀 보이는가?"

"사……."

"사, 사, 살려주… 주십시오."

"살려… 살려주십시오."

"살려주십시오!! 살려주십시오!"

"살려주십시오! 제발… 제발!! 제발 살려주십시오오ー!"

"살려주십시오오ー!"

한 명이 목숨을 구걸하는 것을 필두로 소름이 끼칠 정도로 놈들이 끔찍한 비명을 질러댔다. 거의 경련을 일으키며 소리치는 그들은 예전의 그 건방진 놈들이라고는 생각할 수 없을 정도로 처참한 모습이었다.

공포의 기준이 한 단계 올라가면 곧 눈이라도 뒤집어질 모양새였다.

내 싸늘한 표정에서 무엇을 읽은 것일까.

그들은 살고 싶어 했다.

아주 간절하게.

무자비하게 죽은 동료의 죽음을 보고 분노를 느끼기 이전에 공포를 느꼈다.

내가 원했던 아주 완벽한 그것.

마력을 거두었다.

그들은 곧 죽을 것처럼 거친 호흡을 내쉬었다.

"하아, 하아아."

지옥에 갔다 온 녀석들처럼 그들은 나를 쳐다보지 못했다.

그저 몸을 부들부들 떨 뿐이었다.

철그랑—

쇳소리가 났다.

무슨 소린가 하며 고개를 든 그들은 소스라치게 놀라며 나를 본다. 나는 입가에 빙그레 미소를 그렸다.

"자신의 손가락 하나를 자른다. 그것으로 삶의 의지를 표현함과 동시에 내게 충성을 약속하라."

그들은 서로의 눈치를 보며 어찌해야 할지를 몰라 했다.

나는 웃음을 터뜨렸다.

"망설이는 건가."

내가 걸어가 검을 주으려 하자 한 사내가 엄청난 속도로 기어와 검을 집었다. 그리곤 자신의 새끼손가락을 서슴없이 잘라냈다. 절로 눈을 찌푸리게 만드는 광경이다.

어금니를 꽉 깨물고 피로 물든 눈동자로 나를 올려다본다.

자신의 잘라낸 새끼손가락을 한 손으로 꼭 쥐고 굵은 목소리로 외쳤다.

"충성을 맹세합니다!"

나는 눈살을 찌푸렸다.

"가식적이군. 공포에 찌든 충성이라니."

"아닙니다! 저는 로크님과 같은 강건한 군주를 원해왔습니다. 기사에게는 군주가 있어야 하는 법! 지금부터 이 새끼손가락과 함께 제 모든 것을 바치겠습니다!"

그는 고통을 참기 위해 안간힘을 썼다.

나는 손으로 눈 사이를 짚었다.

조금 졸렸다.

"뒤로 빠져."

그는 일어났다.

태도가 깍듯하게 달라졌다.

그는 고개를 깊이 숙여 인사한 뒤 쩔뚝쩔뚝거리며 지나갔다. 그때부터는 누구랄 것도 없었다. 잠깐 그들의 눈이 회색빛으로 가라앉는다 싶더니 모두 자신의 손가락을 하나씩 잘라내기 시작했다.

활을 겨누고 있는 몇몇 군사는 구역질이 올라오는 것을 힘겹게 참고 있었다. 그 와중에 한 사내가 미묘한 눈빛으로 나를 노려보고 있었다.

아프겠지. 그리고 열 받겠지. 그리고 공포로 인해 승복하는 건 인정할 수 없겠지.

나는 나를 노골적으로 노려본 사내에게 걸어갔다. 그리곤 검으로 그의 목 왼쪽 편에 검을 찔러 넣었다.

퍼어억! 소리와 함께 피가 넓게 퍼졌다. 옆에 무릎 꿇고 앉아 있던 동료는 그대로 피를 뒤집어썼다. 검 한 방에 즉사했다. 깊게 박힌 검을 빼내자 그들은 크게 초조해하고 있었다.

"군주를 거역하는 필요없는 뿌리는 잘라낸다. 명심하도록."

파악!

바닥에 박힌 검이 나의 성향을 짙게 가리켰다.

어차피 파멸을 주도해 나갈 몸.

내게 인정을 바라지 마라.

*   *   *

직접적인 처형으로 인해 정신적으로도, 육체적으로도 피곤했다.

천막에서 쉬고 있는데 베놈이 불쑥 편지 한 통을 가지고 왔다.

그것은 정말 충격적인 편지였다.

나는 경악했다.

손에 쥐고 있던 편지지를 와락 구겼다.

손이 부들부들 떨렸다.

대체… 내게 무엇을 바라는가, 바이슨 국왕.

미친놈이다.

진정 미친놈이 틀림없다.

나는 구겼던 편지지를 펼쳤다.

그리고 다시 어금니를 꽉 깨물며 읽어 내려갔다.

To. Rork.

이클레이드가 말하기를, 자네들은 지금 북서쪽의 네오노드 황야의 반대편인 작은 화전민 마을에 위치해 있다고 들었네.

이 늙은이가 부탁을 하나 하고 싶어서 이렇게 편지를 전하게 되었어.

잘 보고 왕명을 친히 받들어주게나.

화전민 마을의 모든 인구를 직접 사살하고 마을을 불태우게나.

바이슨 2세 제카노이드.

나는 멍하니 이 편지를 바라보다가 낄낄거리며 웃었다.

그러나 웃는 내 얼굴은 한없이 일그러져 있었다.

무려 왕명이다.

거역할 수 없는 왕의 명령!

관자놀이를 꾹꾹 눌렀다.

머리가 터질 것만 같았다.

다른 것도 아니고 나보고 직접 화전민 마을의 모든 인구를 사살하라니. 그것이 어디 말이 되는 소리인가?

도대체 왜?!

이유라도 알려줘야 할 것이 아닌가!

콰앙!

임시로 만들어진 테이블이 내가 내려친 주먹으로 인해 박살이 났다. 그 소리에 군사 하나가 놀란 얼굴로 안으로 뛰어들어와 나의 안전을 확인했다.

"괜찮으십니까?"

나는 신경질적으로 소리쳤다.

"아무 문제 없어! 나가!"

"예!"

경례 후, 군사가 바로 나갔다.

침이 꼴깍꼴깍 넘어간다.

침이 바짝 말라왔다.

왕명의 불이행은 최악의 조건을 갖추게 되는 셈이다.

가장 큰 약점이 될 것이며, 권력은커녕 왕의 눈 밖에 나는 순간 나의 야망은 모래성이 바다에 잠기듯 물거품이 되어버린다.

양손으로 얼굴을 비볐다.

심장이 빠르게 뛰었다.

어찌해야 하는가.

아무 잘못도 없는, 아니, 오히려 불쌍하고 두렵고 어두컴컴한 삶을 살았던 화전민들을 내 손으로 죽이라니. 원망과 분노가 뒤섞인 감정이 가슴을 치고 올라왔다.

손으로 머리를 쥐어뜯고 있던 이 순간, 이클로드가 갑자기 나타났다.

안으로 성큼성큼 들어오더니 내 의자에 털썩 앉았다.

그는 지금까지와의 이클로드와는 조금 달랐다.

생글생글 짓던 웃음이 없다.

더불어 눈빛마저 변했다.

능글능글했고 거만했으며 오만과 여유가 있었다.

그것은 마치 이클레이드. 그래, 이클레이드의 눈빛이었다.

조금도 다르지 않은 완벽한!

나는 나도 모르게 뒷걸음질치고 말았다.

그런 나를 보며 히쭉 웃었다.

소름이 등을 타고 머리까지 쭈뼛 서게 만들었다.

나도 모르게 마력을 일으켰다.

주위 공기가 팽팽하게 당겨졌다.

당장이라도 약간의 변화만 주면 천막은 순식간에 찢어지고 불타며 주위에는 폭풍이 불어닥칠 것이었다. 그런 순간에조차 저 어린놈의 표정엔 변화가 없다. 오히려 나의 이 곤욕을 즐기기라도 하는 것처럼 능글맞은 웃음을 짓고 있었다.

"스승을 보는 눈빛이 영 탐탁치가 않구나."

녀석의 목소리가 아니었다.

변성기가 지난 두터운 목소리였다.

나는 까무러칠 뻔했다.

이게 대체 무슨 조화란 말인가?

"누, 누구냐?"

"스승이다."

"스승?"

"아들의 몸을 잠시 빌렸지."

그러더니 부서진 테이블을 보다가 혀를 쯧쯧 찬다.

영락없는 노인의 모습이었다.

분명 이클레이드의 거대한 오오라가 느껴졌다.

마치 그 넓이를 측정할 수 없는 하늘처럼 측정할 수 없는 힘을 느꼈다.

"대체 어떻게 된 일… 입니까?"

믿기지는 않았지만 사실이다.

아무리 이클레이드의 아들이라고는 해도 이클로드가 이 정도의 압도적인 위압감을 만들어낼 수는 없었다. 불가사의한 일이 눈앞에서 일어났지만 믿지 않을 수 없었다.

"나를 어찌 생각하는 게냐. 나는 거의 절반은 신이나 다름이 없어. 영혼을 잠깐 바꾸는 것 정도는 가능하지."

"인간의 영역이 아닙니다!"

"알고 있어. 그런데 그걸 나는 가능하게 만들었지. 마법체계의 힘으로써."

"마법체계의 영역은… 대체 어디까지인 것입니까?"

그가 악마처럼 느껴졌다.

인간이 아니다.

절대로!

나는 분명 그렇게 느꼈다.

어찌 영혼을 바꾼단 말인가!

나는 인간이 아닌 악마의 마법을 배웠다.

"거참, 흥분하지 말거라. 옛날 같으면 두들겨 패서라도 가르치겠는데 이젠 훌쩍 커버려서 그러기도 남사스럽군."

당신한테는 뭔가 앞뒤가 안 맞는 말이야.

"큼, 뭐, 그건 중요한 건 아니고. 할 말이 있어서 왔다."

나는 대답 대신 그를 지긋이 응시했다.

그는 수염도 없는 주제에 턱을 슥슥 쓸었다.

그리고 웃었다.

나이를 처먹더니 더 능글맞아졌다.

예전엔 무섭게 굳은 표정만을 짓곤 했는데…….

아니, 어쩌면 지금의 저 뱀같이 요사스럽고 능글맞은 게 본 모습이었는지도.

연기라면 나 못지않게 완벽한 영감탱이가 아닌가.

"아마 왕명을 받았을 것이다."

"그렇… 습니다."

'대체 모르는 게 뭐냐?!' 라고 순간 따질 뻔했다.

정말이다. 내가 하는 모든 행동을 지켜보고 있는 것 같았다. 아주 사소한 행동 하나하나까지 관찰하는 것 같아 한기가 온몸을 에워쌌다.

혹여 내가 그에게 반역의 음모를 꾸미고 있는 것을 들키진 않았는지 기억을 더듬었다.

하지만 나는 그럴 생각의 여유조차 없었다.

"그 명령은 화전민 마을을 완전히 지우는 것."

그는 내 생각마저 읽는 듯한 징그러운 여우였다.

그가 벌떡 일어났다.

그리고는 내게 성큼성큼 걸어오더니 말했다.

"무릎을 꿇어."

갑자기 웬 무릎이냐고 생각했지만, 별수있는가.

무릎을 꿇자 그와 키가 비슷해졌다.

손을 뻗더니 내 이마에 손바닥을 바싹 붙였다.

그리곤 눈을 감고 주문을 외운다.

이 대마법사가 이렇게 긴 주문을 외우는 것은 나는 처음 보았다. 어리둥절하고 있을 때, 갑자기 무언가가 파도처럼 급속히 머릿속으로 흘러 들어왔다.

그것은 한 마법체계의 이론이었다.

책에서 본 적이 없는, 난생처음 보는 마법체계였다.

동방의 체계 중 하나인 흡마대법(吸魔大法).

그가 손을 떼었을 때 이클로드, 아니, 이클레이드의 얼굴에는 작은 땀방울들이 송글송글 맺혀 있었다.

"후, 내 몸이 아니다 보니 여러 가지로 힘들구먼."

그랬다. 이클레이드 자신의 몸이 아니기에 마력의 한계가 있었기 때문에 부득이하게 마법 주문은 물론 큰 정신력을 필요로 했던 것이다.

"이것이 무엇입니까?"

그가 황당한 표정을 지었다.

"이제 다 알 것이 아니냐?"

"하, 하지만……."

"화전민 마을의 인간을 사살하고 한 명당 그 흡마대법을 쓰도록 해라. 인간은 죽으면 그 순간 영혼이 육체를 벗어나기 시작한다. 그 시간은 약 10초 사이. 그때 영혼에 깃들어 있는 악한 기운."

"잘 이해가……."

"모든 인간은 악한 감정을 가지고 있지. 그 감정이 영혼에 깃들어 있는 것이야. 그런데 그 악한 감정을 빨아들이게 되면 마법체계의 마법력이 급상승한다."

기가 막혔다.

"영혼을 취하란 말씀이십니까?"

"못할 것도 없지 않느냐. 사실 그것은 영혼을 취한다고는 보기는 어려워. 아니, 오히려 그것은 좋은 일이나 다름없어. 악한 영혼의 일부를 빼앗기면 그들은 지옥에 가서 염라대왕에게 좋은 대우를 받지 않겠느냐?"

"그러는 저는요?"

"뭣?"

"그러는 저는요! 그 모든 악한 영혼을 흡수한 저는 죽어서 어떻게 되는 겁니까! 저는 어떻게 돼도 상관없다는 말씀이신가요?!"

"이놈이 감히 스승에게 성질을 내?"

눈 앞의 공간이 찢어졌다.

그러더니 그곳에서 엄청난 음성이 들렸다.

마치 나만 들을 수 있는 듯 군사들이 안으로 들어오지도 않았고, 이클레이드도 멀쩡했다. 하지만 나는 그렇지 못했다. 심장이 내 가슴을 뚫고 떨어져 내리는 기분이었다.

단 1초도, 죽어도 듣기 싫은 음성이었다.

나는 귀를 양손으로 막고 바닥에 엎드렸다.

"으아악!"

악령의 음성이었다.

마치 한순간 지옥을 본 것 같았다.

온몸이 사시나무처럼 벌벌 떨렸다.

"한 번만 더 말대답을 하거나 하극상을 일으키려 할 땐 정말 혼쭐이 날 줄 알거라."

찢어졌던 공간이 다시 합쳐졌다.

그리고 언제 그랬냐는 듯 그 무엇보다 달콤한 고요함이 안식처럼 나를 찾아왔다. 나는 혼이 쑥 빠진 얼굴로 바닥에 늘어져 간신히 벽에 등을 기대었다.

'헉헉' 거리며 거친 숨을 쉬는 내게 그가 단호하게 말했다.

"흡마대법을 사용하도록 해라. 그렇지 않으면 네 생명까지 위험해질 수 있어."

"생명?"

"마법을 갑자기 잃게 되면 정신적인 충격은 물론이고, 2년 이내에 숨을 거둘 확률이 82%."

"그놈의 확률."

그가 눈을 치켜 뜨자 나는 바로 입을 닫았다.

무서웠다. 정말 이 사람, 아니, 이 괴물처럼 무서운 인간이 또 어디 있으랴. 문득 어릴 적 지하로 끌려가 몽둥이에 맞던 기억이 났다. 정신 강화 마법을 걸어놓은 채로 그렇게 죽도록 패던 노인의 모습이 기억나 나는 지금 거의 절반은 패닉 상태였다.

"화전민 마을은 네놈에게 있어 마지막 기회나 다름이 없어. 스승의 선물을 버리지 말았으면 하는구나."

"흡마대법을 굳이 쓰지 않아도 2천……."

"불가능."

"왜 단정 짓는 것입니까?"

"현실이니까."

대꾸할 수 없었다.

그의 말에 더 이상 대꾸할 수 없었다.

어느 누구보다 마법체계에 대해 잘 아는 사람이 이클레이드였다.

그가 말하는 게 거짓이든 진실이든 내게는 추측할 여유가 없었다. 2달 안이다. 그의 말대로 지금껏 겨우 몇 체계를 공부했다고 2달 안에 2천 체계를 넘어서겠는가.

흡마대법.

인간을 죽이고 그 영혼의 일부 악한 혼을 흡수한다. 그리고 다이로토는 2t4 마나의 표면적 물질 젠치런 상태로 재구성.

그것은 마력의 발판이 되고, 나는 각성과 동시에 2천 체계를 넘는다는 이론이 이클레이드의 핵심적인 말이었다.

"선택의 여지가 없다. 마음을 굳게 먹거라. 마법체계의 길은 험난할 수밖에 없다."

그가 말끝을 약간 흐렸다.

마음에도 없는 소리 하지 마.

이 악마!

그는 감정이 전혀 없는 눈빛으로 나를 바라보다가 '그럼 수고해라' 라는 말을 끝으로 천막을 나갔다.

"젠장, 빌어먹을."

연신 입에서 욕이 튀어나왔다.

그가 사라진 후에도 천막 안을 채우고 있던 압박감은 사라지지 않은 것만 같았다.

"저, 로크님!"

한 군사가 이제야 들어와 나를 불렀다.

나는 여전히 멍하니 바닥을 보고 있는 채로 중얼거리듯 대답했다.

"보고하라."

"이클로드님께서 천막 앞에 쓰러져 계십니다!"

"근처 안전한 곳으로 데려다 놓게. 큰일은 아닐 테니."

그는 고개를 갸웃거리다가 경례 후 나갔다.

지금처럼 몸이 따가운 적이 없었다.

마치 바늘이 온몸을 찌르는 것 같았다.

"화전민 마을의 전원 사살이라… 그것도 내 손으로! 하하하하."

나는 손으로 눈을 가렸다.

눈앞이 시커멓다.

그 시커먼 어둠이 붉은 피로 변해가는 것을 느꼈다.

마치 운명을 예고하는 것처럼.

2

인간은 결단을 내려야 할 때가 있다.

나는 내 인생을 좌우하는 문제에 앞서 생명에 관한 갈등을 해결해야 했다. 내가 살기 위해 영혼을 흡수하라니. 기가 막히는 일이지만, 이클레이드의 말이 맞았다.

평범하게 2천 체계에 도달하는 것은 거의 불가능에 가까웠다.

나는 지금도 느낀다.

체계마법의 상승이 얼마나 어려운 것인지를.

예전부터 알았지만 상승 체계를 사용하면 할수록 더욱 처절하게 느끼는 요즘이었다. 그런 내게 대폭적인 마력 상승의 기회가 주어졌지만, 그것은 인간의 길을 벗어나는 행위였다.

내가 마족도 아니고, 인간의 영혼을 취한다니.

도무지 이해할 수 없는 것이었지만, 이클레이드는 인간이 아닌 악마!

그는 실현 불가능할 것 같은 그 마법을 내게 제시했다. 그리고 그 방법은 무서울 정도로 또렷하게 뇌리에 박혀 있었다.

"여기가 화전민 마을의 제1거주지입니다."

냄새가 고약하게 나는 집이었다.

흙으로 만들어 집이 위태위태해 보였다. 비라도 세게 내리면 금세라도 무너질 것처럼 불안해 보였다. 문고리를 잡자 꼼짝하지 않는다. 나름대로 문은 튼튼하게 만든 모양이다.

안에서 잠긴 것 같아 군사에게 눈치를 주자 창날로 문고리 사이를 찔러넣었다.

퍼억!

문이 열리고, 눈을 동그랗게 뜨고 행동을 멈춘 가족들이 일제히 나를 보았다. 꼬질꼬질한 때를 묻힌 어린아이가 셋이다. 녀석들은 어른의 마음을 아는지 모르는지 호기심 가득한 눈동자로 나를 올려다보고 있었다.

그것을 눈치 챈 한 중년 여인이 서둘러 손으로 아이들의 눈을 가렸다.

뭔가… 속에서 뜨거운 것이 치밀었다.

내 손으로 죽이라니.

어금니를 꽉 깨물었다.

그들을 죽이는 상상을 하니 심장이 펄떡펄떡 빠르게 뛰었다. 인간 같지 않은 짓을 해야 한다는 사실에 치가 떨리고 가슴이 답답했다.

갑자기 처들어와서는 멍청히 서서 딴생각을 하고 있는 나를 그들은 두려운 듯 보고 있었다.

"젠자앙!"

스르릉!

한 군사의 허리춤에 달린 검을 뽑아 들었다.

내가 검을 치켜올리자 모두 비명을 내질렀다. 아이들은 눈물 콧물을 흘리기 시작했고, 중년 여인은 아이들을 붙잡고 바닥에 납작 엎드렸다.

남편인 사내는 그저 크게 확대된 눈으로 부들부들 떨고 있을 뿐이었다. 나약하다. 반항할 수 없는 상대를, 그리고 이유도 모른 채 죽여야 한다니.

이클레이드만의 말이었다면 무시했을 것이다.

마법체계의 힘이고 뭐고 참았을 것이다.

그런 더러운 수를 빌리지 않고 내 힘으로 체계마법을 달성할 수 있도록 노력했을 것이다. 하지만 왕명은 이야기가 달났다.

아마 어디선가 지켜보고 있겠지.

능글맞은 웃음으로 나를 훔쳐보고 있을 것이었다!

나는 아랫입술을 꽉 깨물었다.

눈시울이 뜨거워졌다.

결정을 내렸다.

큰 일을 위해 작은 일을 희생한다.

그렇게 마음을 먹었다.

"내 그대들의 원한은 지옥에 가서 받겠소!"

"제, 제발 살려주시오! 아아악!"

남편이 피를 뿜으며 비틀거리다가 벽을 붙잡고 미끄러졌다. 그러자 황토색 벽이 붉게 물들었다. 그걸 보고 중년 여인은 서럽게 울었다. 나는 사내의 희생을 헛되이하지 않게 급히 흡마대법을 시전했다.

손이 순식간에 검게 변했다.

그리고 검게 변한 그 손으로 무언가가 빨려 들어오기 시작했다. 이것이 바로 이클레이드가 말한 영혼. 끔찍했다. 더러운 기분이었다. 입에서 구역질이 올라왔다. 폐가 뒤집어지는 것 같았다. 소름 끼치는 감각.

나는 눈을 질끈 감고 끝까지 흡마대법을 시전했다.

약 10여 초였지만, 마치 10년은 흐른 듯한 기분이었다. 대법이 끝나자 현실이 나를 일깨웠다. 시체, 사람을 죽였다는 죄책감. 나는 나를 마인드 컨트롤하기 위해 혼신을 다했다.

처음이 힘들 뿐이야.

처음이 힘들 뿐이야…….

"이 악마!"

식칼을 든 중년 여인이 혈안이 된 눈으로 내게 달려들었다. 차라리 고마웠다. 곧 죽게 될 가축처럼 몸을 사리고 있지 않아주어서 고마웠다.

고통을 주지 않기 위해 마법 화살을 날려 정확히 목을 관통시켰다.

3발은 각각 아이들과 중년 여인의 목을 뚫었다.

군사들은 제각기 굵은 침을 꿀꺽 삼켰다. 내가 이런 일을 벌일 줄은 미처 몰랐다는 표정이다.

바닥에 널브러진 시체를 보고 있는 기분은 멍했다.

마치 감기에 걸린 것처럼 머리가 어지러웠다. 이마를 짚으며 휘청거리는 나를 군사들이 부축했다.

"괜찮으십니까?!"

"됐어."

곧장 흡마대법을 시행한 후 첫 번째 집을 나오자 하늘을 올려다볼 용기가 나지 않았다. 신의 엄벌이 떨어질 것만 같아 무서웠다. 오랜만이었다.

세상과 내 자신이 이토록 무서운 것이 말이다.

나는 약 한 시간 동안 악독한 짓을 저질렀고, 결국 하나도 남김없이 목숨을 빼앗고야 말았다.

이제 아주 대단한 소문들이 나돌겠지.

피도 눈물도 없는 체계의 마도사 로크라고…….

나는 웃었다.

억울하지 않았다.

악역으로 욕을 먹는 것 정도는 충분히 감수할 수 있었다.

내 자신이 나를 욕하는 것에 비하면… 충분히 감수할 수 있는 것이었다. 그런데 순간 내 동생의 기억이 머릿속을 스치고 지나갔다.

어린아이들이 죽는 모습이 가슴으로 파고들어 오자 숨을 쉴 수 없었다.

"우, 우웨에엑!"

나는 그날 얼굴이 터질 정도로 심한 토악질을 반복해야 했다.

3

공개적인 처형도 그렇고, 화전민 마을을 불태운 일이 있은 후로부터는 더 이상 내부에서 예전의 은빛기사단이 문제를 일으키는 일은 없었다. 하지만 나, 로크라는 인간에 대한 소문이 무섭게 퍼져 모두들 나를 어려워했다.

내 앞에서 식은땀을 질질 흘리는 건 기본이고, 말도 엄청 버벅거려 한동안 문제였다. 나는 군기가 잡혔으니 나를 어려워하는 것이야 시간이 지나면 괜찮아지겠지라고 쉬이 넘겼다.

　화전민 마을을 나오고부터 하루하고도 반나절이 흘렀다.

　모두들 꽤 지친 기색이어서 쉬어 가기 위해 산 중턱에 자리를 잡았다.

　"얼마나 가야 놈들이 있는 겁니까?"

　이마에 손을 올려 멀리 내다보던 베놈의 물음이었다.

　"예정대로라면 3일이면 만날지도 몰라. 그들이 그곳에 계속 머무른다는 가정하에 말이다."

　"그렇군요."

　"진군을 하면서 정보를 기다려 봐야겠지."

　"참나, 이런 때에 장 얀느가 없다니. 개똥도 써먹을려니 없구만. 크릉!"

　가래침을 '퉤' 뱉은 베놈이 껄렁껄렁한 걸음으로 어디론가를 향해 걸어갔다. 이젠 베놈도 군사들과 꽤 말을 트는 사이가 되었다. 처음엔 군사들이 좀 꺼려했지만 말솜씨가 괜찮은지 그들은 금세 베놈과 친해졌다.

　하늘을 보았다.

　석양이 지고 있었다.

　아스라이 올라오는 저녁 냄새가 맡아졌다.

　곧 이 냄새는 피 냄새로 모두 바뀌어 버리겠지.

　지금의 냄새를 기억하고 싶었다.

　평화롭고 여유로운, 그리고 순수한 자연의 냄새를.

"저, 로크님."

갑작스런 말이었다.

뒤로 돌아보자 눈이 조금 붉은 것이 특징인 한 군사가 내 앞에 서 있었다. 잠을 못 자서인지 그의 눈은 많이 충혈되어 있었다.

"무슨 일인가?"

"누군가가 로크님을 찾아오셨습니다."

"날 찾아왔다고?"

"예."

"이름은?"

"그게… 신원이 확실치 않아서 여쭈러 왔습니다."

"그는 어디 있느냐?"

"이리로……."

그는 나를 안내했다.

군사들이 모여 있는 곳과 떨어지기 시작하더니 그는 꽤 오랫 동안 나를 데리고 갔다. 숲을 가로지르는 동안 나는 뭔가 이상한 느낌을 조금 받았다.

"어디까지 가는 건가?"

"조금만 더 가시면 됩니다. 군사 기지로는 이유가 있어 오시질 못한다며……."

챙!

휘익―

검을 꺼내 그의 목에 겨누었다.

그의 얼굴이 완전히 경직되었다.

"왜, 왜 이러십니까?"

"왜 이러십니까? 목적이 뭐야?"

그는 주위를 살폈다. 아마도 매복 장소와는 다소 거리가 있겠지. 나는 나름대로 적당히 거리 계산을 마친 뒤였다. 적어도 불리한 상황이 되면 군사들이 합류할 수 있도록.

뭐, 그럴 일은 없겠지만.

"이쯤 왔으면 됐잖아. 그만 정체를 밝혀."

놈이 온몸의 털이 쭈뼛 서도록 소름 끼치게 입꼬리를 올리며 웃었다. 손등으로 칼을 쳐내더니 뒤로 물러났다. 그리고 손으로 턱을 잡더니 뜯어낸다?

가면을 쓰고 있었다.

인조 가죽을 벗은 그의 얼굴은 전혀 다른 모습이었다. 붉은 얼굴에 붉은 눈동자, 그리고 붉은 털이 얼굴에 잔뜩 나 있었다.

놈이 길다란 송곳니를 반짝이며 웃었다.

"너 뭐냐고, 임마!"

내 물음에 그는 '크흐흐' 라는 음산한 음성을 흘려댔다. 사실 이런 괴물을 보면 비명을 지르며 검을 겨눠야 정상이지만, 늘 베놈과 함께 있는 나로서는 그저 놈의 실력에 대해서만 궁금할 뿐이었다. 아, 하나 정도는 더 있군.

준비해 온 놈들의 머릿수.

"사람이 질문을 하면 대답을 해야 하지 않는가."

"난 퓨리스. 발록님의 명을 받고 네놈의 피를 가지러 왔다."

그리고 그는 넓적한 칼을 꺼내 들었다. 상당히 무거워 보임에도 그는 어려워하지 않았다. 검을 꽤 숙련있게 쓰는 경험이 눈에 보였고, 적당한 마력이 그의 몸에서 은은히 풍겨져 느낄 수 있었다.

"마족이란 소리군."

가느다란 눈동자로 놈이 킬킬 웃었다. 그가 손을 까딱거리자 숲에서 하나둘씩 무언가가 나오기 시작했다. 모두 외눈박이 몬스터였다.

몸은 가느다라지만 엄청난 완력을 가지고 있는 듯 각자 상당히 무거워 보이는 검을 휙휙 휘두르며 다가왔다. 숫자는 모두 어림잡아 40.

주위가 꽉 찬 느낌이었다.

"하급 마족 몬스터?"

"공부 좀 했구나! 크큭!"

나는 꺼림칙한 얼굴로 검을 검집으로 회수했다. 그 장면을 본 녀석은 고개를 갸웃거렸다.

"응? 왜 집어넣지?"

나는 빙그레 미소 지었다.

"마법사거든."

대화하는 사이 이미 마법체계는 준비를 끝마쳤다. 주위가 돌풍이 이는 것처럼 바람이 거세게 불기 시작했다. 양 손바닥을 마주 치자 내 몸에서 푸른빛이 쏟아지기 시작했다. 하급 마족 몬스터들은 눈을 가리며 모두 그 빛을 피했다.

땅이 울렁거리더니 엄청난 에너지가 방출되었다.

세상은 하나다.
단, 여러 가지의 공간이 있을 뿐.
우주 공간의 어긋남이 남긴.

"1,237체계. 파장[Wavelength]."

손으로 감당할 수 없는 힘이 몰려들었다. 손끝에서 거대한 회전이 돌았다. 나는 차분하게 마법체계의 공식으로 마나를 회전시키며 폭발할 듯 날뛰는 이 차갑고 무거운 기운을 천천히 다스렸다.

레이넌트 제8mits. 좌표 2.045.

크리에이스 & 넨터.

세이피스의 7,658번.

빠르게 외워 나간 마법체계의 공식.

마법이 안정화되었고, 힘이 완벽한 균형을 이룬다.

오른쪽 손바닥을 녀석들에게로 향하고 눈을 감았다.

그리고 그 순간 마법이 실현되었다.

위이잉—

마법의 파장에 닿은 하급 마족 몬스터들은 순식간에 소멸되어 갔다. 비명 한 번 지르지 못한 채 순식간에 30여 마리가 내 계산된 범위 안에서 사라진 것이다.

완전히 머리카락 한 올 남기지 않고 사라졌다.

그 광경을 넋을 놓고 바라보던 퓨리스가 날 마치 징그럽다는 듯 노려봤다.

"네놈… 인간이 맞긴 한 거냐?!"

울컥!

입에서 피가 뿜어졌다.

과다한 마력을 사용한 후유증이었다. 나는 무표정한 얼굴로 그 피를 닦아냈다. 몸이 정상치를 오버해도 상관없어. 내 마법을 지키기 위해서라면 나는 내 심장까지도 걸 수 있다.

마법이 사라진 나는 존재하지 않아.

나는 손을 까닥거리며 웃었다.

"와봐. 쓸어줄 테니."

그의 눈빛이 독해졌다.

커다란 눈에서 독기가 쏟아져 내렸다.

"크와아앙!"

보통 사람의 5배는 될 법한 입으로 괴성을 지르는 그는 진정한 마족, 그 자체였다. 독처럼 보이는 침액이 입에서 뚝뚝 흘러내렸다.

나는 차분히 그의 움직임을 눈에 적응시키기 시작했다. 아이즈 마법으로 동체시력을 높혀 놈의 움직임이 보다 확연하게 구분되기 시작했다.

10마리의 마족과 퓨리스가 한꺼번에 달려들었다. 자세를 잡고 마력을 터뜨리려는 그 순간, 그들은 갑자기 거미줄에 걸린 것처럼 멈추더니 두려움이 가득한 눈동자가 되었다.

무슨 일인가 싶었는데, 고개를 들어 위를 보니 나뭇가지 위에서 사과를 씹어먹고 있는 록 켄드가 있었다.

마왕의 아들이라고 했던가.

마계 쪽 인물은 마계 쪽 존재들이 더 잘 알아보는 법.

그들은 마치 사신이라도 본 것처럼 어쩔 줄 몰라 하며 공포에 바들바들 떨었다.

록 켄드의 창에서 장신구가 찰랑찰랑거리자 마족들은 비명을 지르며 귀를 막았다. 퓨리스는 몸을 웅크린 채 손가락을 가늘게 떠는 것이 전부였다.

"발록의 피라미들이라고 했지?"

록 켄드가 시원하게 웃었다.

그가 땅으로 내려오자 마족들은 나무늘보처럼 뒤를 돌아보려고 노력했다. 몸이 돌아가는 즉시 도망갈 것처럼 보였는데, 록 켄드의 한마디에 그들은 마치 마비라도 된 것처럼 더이상 꼼짝도 하지 못했다.

"지옥 구경하기 싫음 멈추는 게 좋다, 피라미들."

록 켄드는 내게 살짝 웃어 보였다.

"잠깐 실례."

그는 마치 내 먹잇감을 뺏어서 미안하다는 표정을 지었다. 나야 이 귀찮은 놈들을 상대해 준다면야 고마울 뿐이지. 몸 내부에 마법적 충돌이 있었던 것인지 상태가 좋지 않았다.

이 상태에서 무리하게 싸움을 했다면, 이긴다고 해도 한동 안 진군을 하면서 크게 힘들어질 것이었다.

퓨리스의 능력은 알 수 없지만 그들을 간단하게 무릎 꿇인 록 켄드. 정말 대단한 놈이었다.

"발록의 탄생 기일을 알고 있다면 말해라."

"저, 저희는 아무거… 것도 모……."

하급 마족 몬스터들이 너무 공포에 찌든 나머지 근처에서 '키, 키킥, 키킥' 거리는 울음을 소리를 냈는데, 록 켄드는 그게 거슬린 모양이었다.

쉬이익― 쉬익!

바람을 가르며 휘둘러진 록 켄드의 창에 정확히 10마리의 목이 바닥에 나뒹굴었다. 그의 창끝에서는 주술을 발현할 때 발생하는 힘처럼 굉장한 무언가가 일렁이고 있었는데, 그 힘의 근원이 무엇인지는 정확히 알 수 없었다.

마법적 마나와는 성질이 완전히 다른 그것은 상당한 공포 였다.

스스스스—

하급 마족 몬스터는 죽는 즉시 곧 모래가 되더니 바람에 흩어졌다. 그것을 멍하니 바라보던 퓨리스의 뺨에 록켄드의 창이 다가갔다.

뺨을 살짝 긋자 퓨리스가 반사적으로 대답했다.

"하, 한 달 후입니다."

"탄생 위치는?"

망설이던 퓨리스는 록 켄드의 무시무시한 눈빛에 입술을 파르르 떨었다. 적어도 얼굴 도장 한 번으로 이렇게 벌벌 길 정도면 마계에서 록 켄드의 유명세가 어느 정도인지를 조금은 가늠해 볼 수 있는 것이었다.

"드레이안 산맥의 블랙 드래곤 레어에 위치하고 있습니다."

"드래곤의 레어?!"

나는 깜짝 놀랐다.

드래곤의 레어라니.

그것은 블랙 드래곤 드레이안이 발록을 보호하고 있다는 것으로 해석해도 되는 것이란 말인가? 만약 내 추측이 맞다면, 어쩌면 록 켄드의 목적은 객관적으로 볼 때 상당히, 아니, 심각하게 어려워질 수 있었다.

록 켄드가 손을 들어 내 말을 자른 뒤 퓨리스에게 물었다.

"그 말이 사실이냐?"

"살려주십시오, 제발 살려주십시오."

록 켄드의 눈에 살심이 스며들었다.

"사실이냐고 물었다."

"사실입니다! 제가 어찌 록 켄드님께 거짓을 아뢰어 올리겠습니까!"

록 켄드는 비웃었다.

"탐욕과 거짓, 그리고 잔인함의 성품을 가진 게 마계의 어두운 덩어리진 감정이지."

"무, 무슨?"

서걱—

아주 자연스럽게 퓨리스의 팔 하나가 잘렸다. 검은 피가 줄줄 흘러내렸다. 아랫입술을 꽉 깨물며 퓨리스는 고통에 몸부림쳤다. 그러나 비명은 지르지 않았다. 극한의 인내로 참아내고 있는 것이었다.

록 켄드는 작은 호리병을 꺼내 퓨리스의 떼어낸 팔에서 피를 짜넣었다. 그리곤 퓨리스의 머리카락을 잡아당겨 날카로운 시선으로 그의 눈을 직시했다.

"만약 네놈의 말이 거짓이라면 피의 냄새로 널 찾아 염라대왕 앞으로 대령해 줄 것이야. 난 한 번 내뱉은 말은 목숨이 끊어져도 지킨다. 그건 소문으로도 알고 있겠지?"

퓨리스가 정신없이 고개를 끄덕였다.

"됐어, 그럼."

고개를 홱 돌리며 록 켄드가 내게로 휘적휘적 걸어왔다.

퓨리스는 하얀 두루마리를 꺼내더니 찢었다. 어렴풋이 보이는 저 글자는 마계의 언어인지 전혀 알아볼 수가 없는 것이었다. 아무튼 그 두루마리를 찢자 퓨리스는 순식간에 사라졌다.

"마계로 귀환하는 마계서."

그렇군.

놈들의 고향은 당연히 마계.

뭔가 현실적인 느낌이 아니라서 지금의 내 감정이라고 하면 상당히 미묘했다. 하긴, 마왕의 아들이라는 록 켄드가 내 옆에 있으니 현실이라는 것은 어느새 나와 꽤 멀어져 버린 상태겠군.

마치 꿈을 꾸는 것만 같았다.

"귀찮은 놈들이 서성거리는군. 발록이 깨어나면 피곤해진다. 전투를 벌이게 될 놈들을 하루 빨리 쓸어버린 뒤, 발록을 막아내야 해."

"네크로맨서에게 정보를 캐내겠다면서? 그건 어떻게 됐지?"

"방금 알아냈어."

"아아, 탄생 위치. 그렇군."

그가 빙긋 웃었다.

나는 검지로 턱을 긁적거렸다.

"발록이라……."

록 켄드가 말하는 발록이라는 존재가 정말 탄생하게 된다면, 세상은 멸망의 길을 걸을지도 몰랐다. 아마 모든 국가가 동맹하여 발록에게 총공격을 감행하겠지.

인류를 보존하기 위해…….

"한 가지 재미있는 정보를 가르쳐 줄까?"

"……?"

"발록의 수하 중 상당수의 브로크웨이가 포진하고 있다고 하더군. 실력은 전부 최상급. 우리와 함께 있는 브로크웨이보다 어쩌면 한 단계 더 높은 수준 같다고 들었다."

맙소사. 브로크웨이면 브로크웨이지 최상급은 또 무엇이란 말인가? 설마 델 키오르 급의 브로크웨이가 상당수라면…….

나는 오한이 들어 가늘게 몸을 떨었다.

"어디서 캐낸 정보인가?"

"나라고 정보통이 없겠나? 마계에서 끌고 온 떨거지들이 몇 있지."

"그렇군……."

"아아, 하지만 너무 긴장할 것 없어. 내 앞에 서면 모두 한 입거리니까. 크큭."

"그렇게 자만하다간 한순간에 황천, 아니, 지옥으로 가게 될 거야."

그는 거만하게 웃으며 사과를 마저 씹어 먹었다.

"종종 시간이 나면 나와 대련을 하자고 했었지?"

그랬다.

마법체계의 능력은 물론 육체적 격투술까지 끌어올리기 위해서였다. 하지만 이미 돌이킬 수 없는 강을 건넜고, 비참하게도 내게는 시간이라는 여유가 없었다.

"기억하는군."

"지금은 무리겠나?"

"하루 빨리 놈들을 집어삼키고 마법력을 키워야 한다. 체력 소비를 할 여력이 없어."

나는 군사들이 있는 곳으로 시선을 돌렸다.

심장이 다소 빠르게 뛰는 걸 느꼈다.

조금씩 가까워져 이제 곧 코앞까지 당도한 상황.

곧 격돌을 알리는 신호가 하늘 위로 쏘아질 것이다.

* * *

개인 공간(임시 천막)으로 돌아온 나는 곧장 지체없이 마법체계서를 펼쳤다. 2천 체계에 다가서기 위해서는 많은 공부가 필요했지만 내겐 그런 호화로운 시간이 없는 상태였다.

나는 우선 내 몸에 흐르는 마나를 체크했다.

방금 전의 전투로 인해 조금 불안정하긴 했지만 수련을 하기에 그리 크게 무리가 있는 것은 아니었다.

2.04체계.

가장 예민한 마법으로써 몇 안 되는 소수점 체계마법을 실행했다. 우선 마력의 순화로 불안정한 마나를 다스린다.

화산이 폭발하듯 거세게 날뛰던 마나도 흐름을 조절하자 조금씩 안정을 찾아가고 있었다. 규칙적인 호흡 소리가 고요한 천막 안을 가득 메웠다.

그리고 마나를 완전히 다스렸을 때, 내 몸이 마치 극락에 이른 것처럼 편안해지는 것을 느낄 수 있었다. 피곤함이 사라지고 몸이 개운해지는 기분이었다.

이클레이드가 말했던 일시적인 마력의 증강.

그랬다.

지속성을 알 수는 없으나 난 생각지도 못했던 엄청난 양의 마력을 소유하게 되었다. 그리고 지금은 이클레이드와 마지막으로 만났던 그때보다 훨씬 많은 양의 마나가 내 몸을 에워싸고 있었다.

쿵쾅거리던 심장도 예전 같지 않았다.

무겁게 쿵쿵 움직이는 쇳덩어리 같았다.

몸이 약간 무거워짐을 느꼈을 때, 나는 눈을 뜨고 마력을 개방했다.

순간 머릿속에 떠오른 마법체계의 공식!

무엇인지 몰랐다.

왜인지도 몰랐다.

갑작스럽게 떠오른 이 마법체계의 공식을 나는 본능적으로 따라갔다.

그때, 온몸에서 황금빛이 쏟아져 나왔다.

천막이 무너지지 않을까 걱정했으나 다행히 그것은 단순한 빛이었다. 마법체계의 힘이 만들어낸 황금빛!

몇 체계 급인지 알 수 없었다.

다만 방금 내가 만들어낸 마법의 힘은 신비했고, 오묘했으며, 진리를 찾을 수 없는 막연한 무엇인가였다. 그 진리를 파헤쳤을 때, 어쩌면 나는 마법체계의 끝을 볼 수 있는 건 아닐까 하는 말도 안 되는 상상도 했다.

가슴을 설레이게 만드는 지금의 이 감각.

손을 들어 집중하며 마력을 모아보았다.

"이럴 수가……!"

나는 나도 모르게 감탄사를 터뜨리며 멍하니 내 손을 바라보았다. 내 손에는 검은색과 붉은색, 노란색과 초록색, 그리고 갈색이 서로 어울려 맴도는 빛을 보여주었다.

보통 마나는 자연의 색인 푸른색이다.

그런데 지금 내 손 위에 떠오른 이 마나의 정체는 무엇이란 말인가?

마냥 좋은 뜻으로만 해석할 순 없었다.

하나로 일치시키지 못한 불안적한 마나의 색일 수도 있는 것이고, 어쩌면 새로운 경지에 이른 마법체계의 힘일 수도 있는 것이었다.

우선은 이것을 파헤치기보다 내가 감당할 수 있는 마력의 한계를 테스트하는 게 시급했다.

긴 호흡으로 진정한 뒤, 내가 최대한으로 끌어올릴 수 있는 마력을 체크하기 위해 내 모든 힘을 끌어올렸다. 마력이 올라갈 때마다 주위의 공기가 변해갔다.

무겁고 엄청난 압박감이 느껴졌다.

그것은 누군가를 살해하기 위해 내는 살기와는 조금 다른 의미였다.

굳이 표현하자면 강력한 중압감!

마력을 끌어올려 나갈수록 내 이마에서는 굵은 땀방울이 쉴 새 없이 떨어져 내렸다.

"1,740체계."

이내 1,800체계를 돌파했고, 나는 몸속 내부가 조금 흔들리는 듯한 충격을 받았다. 하지만 좀 더 올릴 수 있을 것 같았다. 가능할 것 같았다. 마법의 증강으로 인한 내 한계치는 과연 어디까지 올라갔을까.

1,800이라면 정말 2천 체계에 거의 다다른 것이다!

어쩌면 2천 체계에 다다를 수도 있을 거라는 희망이 부풀어 올랐다.

나는 비록 신을 믿진 않지만 지금 이 순간만큼은 꿈이 아니길, 현실이기를 간절히 기도했다. 그리고 환희의 순간을 이루기를 소망했다.

1,950체계!

그러나 거기까지였다.

아무리 노력해 봐도 더 이상은 무리였다.

1체계라도 올리려 하면 온몸이 터져 산산조각 날 것 같은 불안감이 전신을 휘감고 있었다. 모는 것을 감내하고 모험을 걸고 싶었지만, 그조차도 용납하지 않는 막대한 벽이 내 앞을 가로막고 있었던 것이다.

이쯤이면 되었다.

큰 것을 잡으려다 작은 것까지 모두 잃어버리는 과오를 범하기는 싫었다.

나는 지극히 현실주의자다.

눈앞을 바라볼 수 있어야 하는 이상을 가지고 있다.

무서울 정도로 급팽창된 마력을 가라앉히고 서서히 눈을 떴다. 빛이 거두어지자 주위의 모습이 눈에 들어왔다.

깨끗했다.

단 하나의 흐트러짐도 없었다.

누군가 나를 보고 있었던 것은 아닌가 하는 느낌이 들어 주위를 살펴보았는데, 다행히 아무도 없었다.

지금처럼 마력을 느끼거나 체크하던 때에는 완전한 무방비 상태.

따라서 심각하게 위험할 수 있었지만, 안 할 수도 없는 일이었다. 때문에 그런 점에 있어서는 상당히 긴장하지 않았다고는 생각할 수 없었다.

"로크님."

베놈이 나를 불렀다.

"출발인가?"

"예."

"목적지는 얼마나 남았나?"

"머지않았습니다. 요 며칠 안에 판가름이 날 것으로 보입니다."

"그렇군."

"크르릉, 산 끝자락에 자리를 잡으려고 하는데……."

"아, 그렇게 하도록 해."

"예, 그럼 밖에서 기다리겠습니다."

베놈이 고개를 숙여 보인 후 나갔다.

나는 습관적인 행동으로 엄지로 턱을 긁었다.

"코앞까지 도달했군. 브로크웨이가 몇인지는 알 수 없지만……."

나는 주먹을 콰득 움켜쥐었다.

"모조리 쓸어버린다."

펄럭—

천막 밖으로 나가자 준비를 마친 군사들이 모두 나를 기다리고 있었다.

나는 곧장 명령을 내렸다.

"출발한다—!"

4

베놈의 말대로 산 끝자락에 가까운 곳에서 자리를 잡았을 때는 밤이 깊은 시각이었다. 보초를 서는 사람을 빼고는 꽤 강행하며 걸어왔기에 군사들은 모두들 피곤한지 모자란 잠을 채우고 있었다.

그 시각 나는 손에 들고 있는 누런 종이 안에 적힌 글씨를 보며 고심했다. 그것은 상대의 위치와 병력에 대한 정보였다.

"정면 대결을 할 생각이십니까?"

전략에 대한 문제는 미뤄왔었다.

이유는 상대의 병력을 아직 완전히 체크하지 못했기 때문. 하지만 지금은 위치와 병력까지 파악해 냈다.

놈들은 지금 그라누이스 마을에 머무르고 있었다.

총 병력은 700여.

그러나 브로크웨이가 포진되어 있는 숫자는 아직 모르는 상태였다.

"그라누이스 마을에 녀석들이 안착하고 있다는 소식을 들었다."

"나올 때까지 매복을 하고 있다가 급습하는 것이 어떻겠습니까? 그 수밖에 없지 않겠습니까?! 크릉."

나는 고개를 저었다.

"녀석들이 언제 움직일지 알 수 없어. 오늘 혹은 내일이 될지도 모르지만, 어쩌면… 꽤 오랫동안 칼을 갈고 있을 수도 있다. 우리의 군수물자라고 해봐야 놈들과 격돌하는 것에 맞춰져 있었어. 마을 안으로 진입하지 않고는 곤란해질 수도 있다."

"그럼 마을에 있는 인간들은 어쩝니까?"

나는 눈을 지그시 감았다.

"걸림돌이 된다면……."

"설마… 로크님?!"

나는 눈을 번뜩 떴다.

"망설인다면 우리의 군사가 죽는다."

"제 걱정은 인간들이 아닙니다. 로크님이 정말 선량한 인간들을 걸림돌이라는 이유로 걷어낼 수 있을까 하는 것입니다."

"후회하게 되겠지. 내가 저지른 만행에 대한 후회를……."

"그럼에도 왜?"

"군주가 되기 위해선 개인의 희생은 반드시 필요한 법이다."

풀벌레와 곤충들의 소리가 들려오자 머릿속이 멍해져 왔다. 곧 파란을 이는 피바람이 몰아칠 것이다.

한순간에 폭풍처럼 쓸어버려야 한다.

마을까지 가는 데 도착하는 시간은 넉넉잡아 삼 일. 그동안 만반의 준비를 갖추어 최대한으로 효과적인 공격을 개시한다. 머릿속으로 전략의 구도를 어렴풋이 잡아가고 있을 때, 또다시 예상치 못한 문제가 발생한 듯했다.

그것도 꽤 수위가 높은…….

"로크님!!"

멀리서 희미하게 들리던 목소리는 한 군사의 발자국 소리가 가까워질수록 더 확연하게 들려오기 시작했다.

"헉헉! 대장님!"

거친 숨을 몰아쉬는 군사는 얼마나 빠르게 뛰어왔는지 얼굴이 시뻘겋게 달아올라 있었다.

"무슨 일인가?!"

빛의 기사단이 또 말썽을 부린 건가 했다. 하지만 지금 군사가 말하고 있는 것은 다소 다른 문제였다. 훨씬 격이 다른 문제가 발생한 것이다.

"정체불명의 한 여인과 거대한 덩치의 사내가…….."

"두 명?!"

"예! 엄청난 공격력으로 순식간에 병력이 줄어가고 있습니다. 이러다간……."

쿠우웅!

지진이 인 것처럼 땅이 흔들렸다. 의자에 앉아 있던 나는 그만 바닥에 넘어질 뻔한 것을 겨우 중심을 잡아 버텼다. 난 의자에서 일어나 베놈을 보며 물었다.

"록 켄드와 델 키오르는?"

그가 고개를 저었다.

"모르겠습니다. 워낙 제자리에 있는 것들이 아니라서……."

"저런 소란이 일어났다면 가만있을 양반들이 아닌데……."

"크릉! 이럴 때가 아닙니다. 어서 지원을!"

나는 내게 소식을 전한 군사에게 소리쳤다.

"거기가 어디야?!"

"바로 코앞입니다."

"뭐?"

콰아앙―!

멀지 않은 곳에서 엄청난 폭발을 볼 수 있었다. 하얀 연기가 뭉게뭉게 피어오르는 곳에서는 참혹한 비명이 연이어 터져 나오고 있었다.

베놈의 말대로 더 이상 시간을 끌 순 없었다.

헤이스트를 시전하고 윈드 워커까지 가동하며 나는 전속력으로 피해가 발생한 곳으로 향했다.

'쉬지도 않고 때려대는군. 이번에도 마계인가?'

정체를 알 수 없다는 부하의 말에 의혹은 점점 커져만 가고 있었다.

Chapter **36**
차가운 마음

1

부하 녀석의 말대로 거대한 덩치의 사내 하나와 등골이 서늘해질 정도로 한없이 차가워 보이는 한 여인이 군사들을 거의 학살하다시피 죽여 나가고 있었다. 그것은 정말이지 학살이었다. 눈앞엔 차마 눈 뜨고 바라볼 수 없는 생지옥이 펼쳐지고 있었다. 그 대단한 광경에 군사들은 이러지도 저러지도 못한 채 비싼 목숨을 처참하게 내어주고 있었다.

머리카락 한 올 없는 거대 덩치.

그는 인간이라기보다 몬스터에 가까웠다.

광기에 찬 눈빛과 3피르는 될 법한 키는 가히 웅장함을 넘어서 경외로움을 받아낼 정도로 굳건해 보였다.

마치 철옹성처럼 단단해 보이는 그는 특별한 능력마저 갖추고 있는 듯했는데, 그것의 성질은 불꽃의 폭발.

힘을 증폭시키는 순간 강력한 폭발력을 가지는 것이었다.

쿠오오!

강철 장갑을 낀 주먹이 군사의 몸통을 때렸다.

뻐어억!

갑옷은 그에게 있어 필요악이었다.

주먹에 의해 찌그러진 갑옷의 파편이 몸을 찌른 것이다. 뒤로 나가떨어지며 몇 번이나 구른 군사에게서 피어오르는 흙먼지는 상당한 공포를 각인시켰다.

바닥에 쓰러진 시체의 숫자는 벌써 100여 명이 넘어 보였다. 실로 엄청난 피해였다.

그것이 단 두 명에게 당한 것이라 충격은 더욱 컸다.

"당장 멈춰라!"

내 외침에 소란스럽던 공간은 찬물을 끼얹은 것처럼 조용해졌다. 나른한 시선으로 나를 쳐다보는 창백한 얼굴의 여인과 거대한 덩치. 뒤따라온 베놈이 설명을 덧붙였는데, 거대한 덩치의 저놈은 자신이 알기로 자이언트라는 몬스터라고 했다.

희소성을 가진 몬스터로서 지금은 잘 찾아보기가 힘들다고 한다. 뭐, 그럼 너를 필두로 멸종시켜 주는 것도 나름 의미가 있겠지.

"정체가 뭐야?"

여인이 살짝 손짓하자 자이언트라는 몬스터는 뒤로 물러났다.

"그대가 로크라는 분인가요?"

"그렇소만……."

그녀가 밝게 웃었다.

하얗고 창백한 얼굴이라 조금 꺼림칙하긴 하지만 얼굴이 작고 검은 머릿결이 아름다운 미녀였다. 하지만 눈 속에 깃들어 있는 감정은 까마득한 절벽처럼 그 깊이를 알 수 없는 암흑이었다.

불안감이 무섭도록 몸을 휘감았다.

내 앞의 둘은 분명 그런 느낌을 가지게끔 만들었다.

상대가 강한지 약한지는 처음 눈을 마주 보는 순간부터 느낀다. 꽤 많은 전투 경험을 쌓았음에도 불구하고 긴장돼서 숨을 쉬는 것조차 힘겨워졌다.

마나를 다스리자 진정되어 가는 가슴.

그런데 이런 나를 보고 여인이 비웃고 있었다.

자존심이 깎인 나에게서 무시무시한 마력이 소용돌이가 되어 뿜어져 나왔다.

"쓸데없이 힘을 낭비하는 분이시군요."

퇴폐적인 느낌으로 그녀는 내게로 천천히 또각또각 걸어왔다.

높은 구두굽에 하얀 다리를 허벅지까지 드러내 놓았고, 상의는 치렁치렁한 레이스가 달린 흰 드레스였다.

시선을 자극하는 의상.

커다랗고 보석 같은 눈동자가 내 심장과 피부를 찌르는 것 같았다. 마치 바늘에 찔리는 것처럼 그녀 자체에서 발생하는 오러가 나를 강하게 압박하고 있었다.

"제 이름은 시리아."

마력을 끌어올리자 양손이 붉게 변했다.

화속성 마법을 준비하는 것이다.

그녀가 매력적으로 웃었다.

"시리아라면 얼음의 주인이라 불리는, 그 마녀 시리아?"

그녀가 작고 붉은 입술로 대답했다.

"맞아요."

시리아는 거의 전설로 불리우는 여인이다.

시리도록 차가운 얼음을 사용하는 것처럼 희고 아름다운 외모를 가진 그녀는 사람을 살해함에 있어 일체의 얕은 감정조차도 느끼지 않는다고 한다.

손을 휘두르는 순간 수십의 인간이 목숨을 잃고, 주위는 얼음으로 가득 차게 된다고 들었다. 책에서 읽은 이 여인이 실제로 눈앞에 나타날 줄이야 어디 상상이라도 했겠는가.

거짓말일 것 같았다.

하지만… 가짜라기엔 너무나 당당했고, 강했고… 아름다

웠다.

"당신이 왜?!"

"왜일 것 같나요?"

그녀는 적정 거리를 유지한 채 내 주위를 맴돌며 걷기 시작했다. 상대가 안 되는 적임을 간파한 것일까? 더 이상 시리아와 자이언트에게 덤벼드는 군사는 없었다.

이미 바닥에 누워 있는 시체들만으로도 전의를 상실한 것이다.

"알 길이 없군. 좀 알려줬으면 좋겠는데."

"늙어빠진 퇴물과의 약속이 있어서 번거롭지만 이렇게 직접 행차했답니다."

그녀의 입꼬리가 올라가는 지금 내 인내의 한계치는 이미 벗어난 상태였다.

이마 사이의 골이 깊어졌다.

"둘뿐인가?"

"어머, 둘뿐이라니요. 저희 둘만 해도 당신들 같은 분들은 장난감에 불과해요!"

나는 기가 차서 더 이상 대꾸하기도 귀찮아졌다. 마음속에 담아둔 더러운 분노가 차오르기 시작했다. 그녀와 그를 바라보는 시선에서 나는 더 이상 인간이기 이전에 마법체계를 이룬 마법이라는 존재를 더 명확히 인지하고 싶어졌다.

손에서 거대한 불길이 치솟았다.

마법이 발현되자 이 거대한 불길은 델카르스(불 지옥의 화신)가 되었다. 그것을 보고 감탄하던 시리아는 곧 웃으며 나를 조롱했다.

"멋지긴 한데 우리 바로크센보단 약해 보여! 호호호홋!"

거센 불길이 두 남녀에게로 휘몰아쳤다.

분노가 더해진 화려하게 타오른 불길은 재마저 남기지 않을 정도로 뜨거웠다. 지옥의 불길처럼 용서없는 이 불꽃과 뼛속마저 얼리는 시리아의 얼음 폭풍이 맞부딪쳤다.

불길과 얼음의 모순적인 충돌.

그 공간을 폭발의 자이언트라 불리는 바로크센이 파고들었다.

콰아앙!

대륙 전체를 뒤흔드는 듯 지반이 엄청나게 흔들렸다.

군사들의 비명 소리가 울려 퍼졌다.

땅이 깨어지고 돌 조각들이 하늘 위로 치솟아올랐다.

뜨거운 열기가 대지를 달구는 것 같았다.

연기를 뚫고 코앞으로 달려든 바로크센의 주먹!

쉴드를 깨부순 주먹에 안면이 직격으로 얻어맞았다.

콰아앙—!

"쿠억!"

어렸을 적에 먹은 빵의 효과 때문일까?

나는 표면적인, 그러니까 외부적인 보호력에 있어서는 상당한 강한 상태였다. 그동안 내가 위험했던 것은 대량의 마력 사용으로 인한 후유증에서 나타난 것.

때문에 보통 인간이라면 맞는 즉시 머리가 날아가야 당연하겠지만 나는 그의 주먹을 견딜 수 있었던 것이다.

정말이지 놀라운 방어력이다.

그것은 지금 바로 이 순간에 알게 된 사실이었고, 체력이 약하다는 마법사의 룰을 깨는 혁신적인 순간이기도 했다. 단지 불안감이라고 느껴진 것은 이클레이드조차 그럴 것이라는 예감에 계획에 차질이 생길 수 있다는 것 정도(?)뿐이었다.

비틀거리며 일어나 뿌연 연기를 손으로 치우자 양주먹을 말아쥐고 서 있는 바로크센이 의외인 듯한 눈빛으로 나를 바라보고 있었다.

아니나 다를까, 시리아도 상당히 놀랐다.

"마법사가 어떻게……?"

나는 잔혹하게 웃었다.

"이 몸은 이클레이드가 만든 괴물. 마법 병기 로크님이 아니시겠는가? 크크큭, 그가 나를 자유롭게 내버려 둔 가장 큰 이유가 있었어. 이보게들."

나는 거의 광소에 가까운 웃음을 흘렸다.

그것은 악령의 웃음처럼 무겁고 어두웠으며, 지옥의 바람처럼 스산했다.

"내가 쉽게 죽진 않는가 봐."

빛의 속도.

체르카이로스.

1,613체계.

다이너스의 공간 침범.

마법 언어가 입에서 흘러나오는 즉시 내 몸은 꽃가루처럼 흩날렸다. 그것은 한계를 초월한 속도가 가지는 시각 효과였다.

눈을 동그랗게 뜬 시리아가 어금니를 꽉 깨물며 바닥을 차고 하늘 위로 치솟아올랐다.

내 움직임은 이미 일반적인 상식을 넘어선 상태였다.

순식간에 그녀의 위로 뛰어올랐다.

그녀가 고개를 들어 나를 보았을 때, 이미 내 손끝에서 쏘아진 에너지 탄이 고속으로 시리아에게 향한 상태였다.

콰아아앙!

끔찍한 소리가 터졌다.

"끼야아악!"

에너지 탄이 시리아에게 접촉되었을 때 그녀의 비명 소리가 귀를 찔렀다. 그녀의 주위로 하얀 뭉게구름 같은 연기가 생겨났다. 내가 바닥에 착지한 뒤 검을 들었을 때, 어느새 주먹을 내뻗은 바로크센의 거대한 황금 에너지가 정면으로 날아왔다.

우주의 힘이여.
흐르는 자연의 거대한 힘이여.
창조주의 보살핌을 받아
신의 가호를 받으리니.

"1,669체계. 그레이트 바리어!"

투명함과 은은한 푸른 마나의 색을 가진 보통의 바리어보다는 무려 다섯 배의 방어력을 가진 이 마법은 그 어떠한 공격이라도 무난하게 막아내는 가공할 만한 방어력을 가지고 있거늘.

"......?"

빌어먹게도 너무 높은 체계의 무리한 사용과 너무도 큰 마법력을 내 몸이 이겨내지 못하는 것 같았다.

온몸에서 힘이 풀리는 게 느껴졌다.

무섭도록 빠르게 빠져나가는 마나의 기운은 나를 암담한 기분이 들게 만들었다.

그의 주먹을 맞았을 때, 나는 묘한 향기가 콧속으로 스며드는 것을 느꼈다. 온몸이 부서지는 것처럼 아파왔지만 한편으로는 부드러운 감각이 몸을 감싸는 것처럼 느껴지기도 했다.

이중적인 이 느낌은 마치 죽음이라는 두 글자가 잔인하게 가슴 안으로 파고들어 오는 것과 가깝기도 했다.

두려워졌다.

자만이었던가, 오만이었던가?

마법력이 약해진 순간, 내 체력과 신체적 방어력 또한 떨어지는 것을 계산치 못했다.

찰나의 순간에 심장이 뛰는 속도가 빨라지고 호흡이 가빠졌다.

어쩌면 이대로 눈을 감는 것도 편할지 모르겠다는 이기적인 생각이 들었다. 그리고 처참하고 나약한 감정이 구석구석 내 감정을 송두리째 흔들었다.

아무런 소리도 들리지 않아.

철저한 무(無).

하얀 배경이 내 주위를 밝히고 있었다.

모든게 하얗다.

붕 떠 있는 듯한 느낌.

그것은 실로 어딘가 깊숙한 아래의 심연의 어둠처럼 헤어나올 수 없는 까마득한 절망이었다.

그런데 그 하얀 배경 속의 공간을 한 사내가 기적처럼 잘라냈다.

"델 키오르!"

반사적으로 입에서 그의 이름이 튀어나오는 순간, 나는 눈을 한 번 감았다가 떴다.

쿠웅!

바닥에 떨어져 올라온 통증이 머리를 어지럽게 만들었다.

비틀거리며 일어나자 검을 들고 있는 델 키오르의 등이 보였다.

"시간을 버는 동안 몸을 회복해라."

어째서냐고 묻고 싶었다.

도대체 무슨 이유로 나를 도와주는 것인가?!

이것은 호의가 아니다.

나를 지켜줌이 아니다.

더러운 음모가 반드시 내 뒤통수를 칠 것이 틀림없다.

죽음의 두려움을 한 번 느끼고 나자 그의 도움이 부질없게 느껴졌다. 이용 끝에 버려지는 더러운 계획을 구도하고 있을 게 틀림없다.

나약한 내 자신이 싫어 눈에서 뜨거운 눈물이 흘러내렸다.

좀 더 치밀하게 마나력을 컨트롤하지 못한 내 판단력에 가슴이 메어왔다.

좀 더 강해야 하고, 좀 더 위엄있는 카리스마를!

조금은 더 치밀한 전략과 판단력이 필요하다. 하지만……

"젠장, 푸에에엑! 크억!"

입에서 검은 피가 쏟아졌다.

눈이 풀리고 곧 정신을 잃을 것만 같았다.

하나의 나무가 여러 개로 보이고 있었다.

손과 팔이 몇 개나 되고 하늘은 끊임없이 빠르게 회전한다.

뒤로 스르륵 넘어가는 몸을 누군가가 잡아주었다.

나를 내려다보고 있는 한 사람.

희미한 초점이 아주 잠깐 중심을 이루었다.

그의 얼굴을 본 내 입에서는 미묘한 감정이 얽힌 목소리가
흘러나왔다.

"장 얀느."

내가 눈을 감기 직전, 그는 굳은 얼굴로 나를 내려다보고
있었다. 그의 눈동자는 퇴색되어 버린 감정의 잔재처럼 차가
웠고… 쓸쓸했다.

2

시리아와 바로크센이 갑작스럽게 나타난 날로부터 3일이
라는 시간이 흘렀다고 한다. 내가 눈을 떴을 때 들은 정보로
는 델 키오르가 습격한 정체불명의 두 남녀는 델키오르와의
전투 끝에 상처를 입고 도주했다는 소식이다.

그날 그들을 완전히 제거하지 못한 것은 큰 골칫거리가 될
수 있었다.

더불어 내 쪽에서는 상당한 수의 병력 손실이 생겨났고, 적
에 대한 정보를 모르는 군사들의 사기는 바닥으로 떨어져 있

는 상태였다. 하지만 그나마 이런 때에 장 얀느가 나타나 준 것은 군사들의 사기를 다시 회복함에 있어 단 하나의 희망이었다.

나는 그가 반드시 중요한 정보를 가져왔기를 소망했다.

아니, 반드시 그래야만 했다.

펄럭—

"몸은 좀 괜찮으십니까?"

임시 천막 안에서 나는 몸을 요양하고 있었다.

그 안으로 들어온 장 얀느가 내 가까운 곳에 앉았다.

"그럭저럭."

거짓말이다.

온몸의 근육이 뒤틀린 것처럼 아프고 뼈마디는 아프지 않은 곳이 없었다. 게다가 너무 욕심을 부린 죗값일까, 마력이 빠져나가는 것보다 더 고통스러운 통증이 있었다.

마치 수백 마리의 유충들이 몸을 갉아먹는 듯한 통증 말이다.

하지만 나는 조금도 앓는 소리를 내지 않았다.

어차피 전쟁을 시작하기로 마음먹었을 때부터 이미 고통은 품 안에 가지고 시작된 것이었다. 어린애처럼 징징거릴 생각도, 시간도 내겐 없었다.

"그런데 그동안 어디 있었느냐?"

"정체를 모르는 이들에게 납치를 당했습니다."

"납치?!"

"예. 눈을 떠보니 몸은 묶여 있었고, 장소는 알 길이 없더군요."

"그런데 어떻게 빠져나온 건가?"

그는 그때의 공포가 떠오르는 듯 한차례 몸을 부르르 떨었다. 실로 지독한 공포감에 사로잡힌 가혹한 생명체처럼 보였다. 강철의 심장을 가졌다고 생각했거늘, 그도 인간이었다.

"이클레이드라는 분이 나타나셨습니다."

"맙소사."

팔과 다리에 소름이 돋았다.

장 얀느의 얼굴빛이 달라진 이유를 알겠군.

"도와주던가?"

"예. 아주 간단하게……."

나는 비웃듯 말했다.

"그럴 테지. 인간이 아닌 실력자니까. 그런데 놈들의 정체는 알아냈느냐?"

"다 죽어버려서……."

머리 나쁜 영감탱이라고 입 밖으로 내고 싶었지만, 장 얀느도 귀신같이 찾아내서 도와준 놈이다. 매사에 조심을 기울여야지 기회를 잡을 수 있다.

"이건 뭐야?"

그가 품 안에서 편지를 하나 꺼내 건넸다.

"그가 전달하라는 것이었습니다."

편지를 펼치자 적의 명확한 위치가 기재되어 있었다. 내용은 요약하자면, '약 3일 동안 더 이상의 움직임은 없을 것. 빠른 시간 내에 소탕하라' 는 것 정도였다.

나는 머리를 긁으며 종이를 접었다.

"지금 낭상 군사들을 한자리에 모으고, 빛의 기사단을 불러."

"무리하는 것은 아니신지……."

나는 낮고 강하게 말했다.

"내가 시간이 없다는 걸 너도 반드시 유념해라."

"알겠습니다."

장 얀느가 고개를 끄덕이곤 물러갔다.

나는 눈을 감고 고개를 살짝 뒤로 젖혔다. 나른함과 통증이 겹쳐서 다가온다. 잔잔한 파도가 내 몸에 와 닿는 것 같았다.

폭풍전야.

주사위는 이미 던져졌다.

*   *   *

잠시 후, 베놈이 갑작스레 뛰어와 내게 하나의 수상한 점을 보고했다. 그것은 누군가가 우리를 교묘하게 지켜보며 뒤쫓아오고 있는 것 같다는 것이었다.

"지금 당장 군사를 풀어 확인해 볼까요?"

나는 고개를 저었다.

"상대가 녹록치는 않을 거야. 어차피 군사를 데려가 봐야 들킬 우려가 높다. 조금 위험하더라도 베놈, 너 혼자서 녀석들의 신원을 확인해라."

"예."

"다른 보고는?"

"없습니다."

내가 고개를 끄덕이고 일어나자 베놈이 나갔다. 그가 나갈 때 잠깐 바깥 풍경이 보였는데, 눈이 내리고 있었다. 베놈도 그걸 눈치 챘는지 잠깐 하늘을 올려다본다.

인지하지 못했는데……

어느새 겨울이었다.

3

천막 밖으로 나오자 군사 하나가 기다리고 있었다. 나를 보자 잔뜩 긴장한 얼굴로 걸어와 딱딱하게 경례했다. 포동포동한 얼굴에 크지 않은 키, 추워서인지 붉어진 얼굴의 그는 가늘게 떨리는 목소리로 말했다.

필시 눈 내리는 산중의 추위 때문만은 아니리라.

"군사들이 집결되어 모두 로크님을 기다리고 있습니다. 그런데… 작은 문제가 발생되어…….."

"또 문제 발생인가…….."

"죄송합니다!"

난 머리를 90도로 숙이며 사죄하는 그를 독려했다.

"괜찮아. 그게 그대의 잘못은 아니지. 어디아?"

또 무슨 일이 벌어졌는지는 알 수 없지만 사실 이젠 나도 조금은 지치고 있었다.

멀리서 두 명의 사내가 서로 실랑이를 벌이고 있는 게 눈에 보였다. 입은 갑옷으로 봐서는 둘 다 빛의 기사단이었다.

"놈들이 나타났을 때 왜 몸을 사린 거냐? 무서웠어?! 그런 거냐?! 하나같이 겁쟁이처럼 벌벌 떠는 꼴이라니!"

유독 새치가 많은 한 사내의 말에 반대편에 서 있던 앞머리가 까진 사내가 반박했다. 나는 팔짱을 끼며 조용히 그것을 지켜봤다.

"누가 겁쟁이야?! 말 다했어, 이 비루먹은 개 같은 새끼야?!"

"뭐, 뭐?! 비루먹은 개?"

그리고는 검을 꺼내는 것을 군사들이 말렸는데 감정이 앞서 그만 박투에 이르렀다. 서로 강철 장갑을 끼고 주먹을 휘두르니 얼굴이 남아날 것 같지가 않았다.

빛의 기사단 안에는 신분이 낮은 새로이 들어온 신입과 본래의 은빛기사단이었던 사내들이 서로의 갈등을 아직까지 해결하지 못하고 있는 상태였던 것 같다.

당연히 편이 갈라지는 것은 당연했고, 구경하던 이들도 서로의 편을 들어주기 위해 패싸움을 벌였다.

그때 마침 나를 발견한 한 군사가 신호해 알렸고, 그제서야 모두 그 둘을 말리기 위해 필사적으로 달려들었다.

그들을 떼어놓는 데는 시간이 그다지 많이 걸리지 않았다.

마법으로 땅을 한 번 파버리자 그 소음 때문인지 싸움에 미쳐 있던 놈들이 나를 발견하는 동시에 모두 행동을 멈추었다.

씩씩거리는 두 녀석들에게 걸어갔다. 그들은 아직도 화가 덜 풀린 듯 충혈된 눈으로 서로를 죽일 듯이 노려보고 있었다.

"그만 좀 할 수 없나? 갑작스런 급습에 동료들이 죽었다. 이런 상황에 네놈들은 퍽이나 분위기가 좋구나. 누구는 감정이 없어서 조용히 있는 줄 알아? 다 억누르고 있단 말이다. 인간은 절제력을 갖췄으니까. 그런데 그런 절제력이 없는 네놈들의 행동은 내가 어떻게 이해해야 하는 건가."

"쓸데없는 논리는 그만 집어치우시죠, 대장님."

한 부하의 똑바른 시선이 나의 눈과 마주쳤다.

나는 그에게 걸어갔다.

그는 긴장하고 있었다.

마법사란 존재는 그 존재 자체가 공포.

나를 똑바로 보고 있는 그는 애써 죽음의 두려움에 떨지 않는 척했지만 그의 몸은 솔직했다. 검을 들고 있는 팔이 무거워 보이고, 긴장감 때문에 싸움의 판단력조차 흐려졌을 것이다.

균형이 한 가지만 더 흔들린다면 그는 무릎을 꿇을 수밖에 없을 것이다. 그런데 이런 내 생각보단 꽤 자존심이 있는 녀석인가 보다.

"제 검이 충분히 목을 날릴 수 있는 거리입니다."

"그런 대사를 하기 이전에 행동으로 보이던가, 아니면 입을 닥치던가 둘 중 하나를 선택했어야지."

내 손에서 검은 연기가 푸륵푸륵 피어올랐다. 그것을 보고 사색이 된 그가 검을 꺼내려는 순간, 난 왼손으로 순식간에 검을 뽑아 그의 목에 겨누었다.

그의 얼굴이 하얗게 질렸다.

"난 별로 목숨에 대해 인자한 편이 아니야. 알다시피 조금은 고독하고 더러운 삶을 살아왔기에, 그 환경 탓인지 제법 현실적으로 잔인한 인간이 되어버린 것 같아."

검이 서서히 그의 어깨로 조금씩 들어가기 시작했다. 그가 고통에 겨워 얼굴을 찡그린다.

"난 정의로운 척 너희들을 설득해서 이야기 속에나 나오는 영웅들같이 되고 싶은 게 아니야. 차라리 되려면 아주 화려한 폭군이 낫겠지."

"크아아악!"

검이 손가락 마디 하나만큼 들어가자 그는 고통스런 비명을 지르며 한쪽 무릎을 꿇었다.

"나는 군대를 이끄는 총대장이다. 그런 나를 무시하는 것은 나는 물론이며, 모든 군사를 모독하는 행위."

퍼어억!

발로 턱을 걷어차자 이빨 몇 개가 떨어졌다.

"쿠억!"

붉은 피가 주륵 흐르는 걸 보고 나는 인상을 찡그렸다. 걸어가 그가 떨어뜨린 이빨을 주웠다. 모두 주워 손을 펴보니 3개. 마나의 회전을 주자 그 이빨은 가루가 되어 바람에 흩날렸다. 그것을 본 주위의 군사들은 공포의 한계치를 넘은 듯 이빨을 딱딱거리고 있었다.

"마지막으로 기회를 주마. 네놈 이후로는 군사의 전진에 방해가 되는 녀석은 가차없이 목을 베겠다. 그 어떠한 이유가 되었든 군사들의 힘이 되어야지 방해물이 되어서는 안 돼."

분노에 떨며 나를 노려보는 그를 보며 나는 고개를 저었다.

간단한 체계마법을 일으켰다.

손을 휘젓는 즉시 작은 바람이 날카로운 칼날이 되어 그의 목 근처 경동맥을 그었다. 피가 세차게 쏟아졌다. 내가 시체를 내려다보다가 고개를 들자 모두들 공포에 질린 얼굴로 내 시선을 외면했다.

같이 맞싸움을 벌였던, 평민의 신분으로 입단한 빛의 기사단의 사내는 내가 가까이 걸어가기 시작하자 무릎을 꿇고 머리를 바닥에 찧었다.

"죽을죄를 지었습니다. 앞으로는 절대 문제를 일으키지 않도록 하겠습니다. 그, 그러니!"

나는 가볍게 고개를 끄덕였다.

"그렇게 하도록 해. 나와 군사를 피곤하게 하는 일이……."

나는 모든 군사들을 돌아봤다.

"앞으로는 단 한 건도 발생하지 않았으면 좋겠군. 다들 알겠는가?"

"예! 로크님!"

나는 웃으며 말했다.

"빛의 기사단만 이곳에 남고, 나머지는 각자 산을 마저 넘을 준비를 하도록 해라."

명령이 떨어지기 무섭게 군사들이 일사불란하게 움직였다. 나는 덩그러니 남아 나를 주시하고 있는 빛의 기사단들을 보았다. 그들의 시선은 미묘했다. 이젠 분노와 화가 아니라 마치 '상대를 잘못 골랐다' 라는 식의 표정들이어서 뭐라 설명할 수 없는 난해한 기분이었다.

"정말 마지막으로 묻는다. 나와 함께 길을 가겠느냐, 아니

면 바이슨 왕국으로 돌아가겠는가?'

신분이 낮은, 순수 실력만으로 입단한 사내들은 모두 한쪽으로 움직였다. 그들은 모두 공동의 의지를 표현하고 있었다. 나는 손짓했다.

"군장을 챙기도록 해라."

"예!'

눈빛이 달라졌다.

좋군. 이 미친 총대장에게 살아남기 위해서는 어떤 눈빛과 행동가짐을 가져야 할지 대충은 인지한 것 같았다.

침묵이 꽤 흐르고 내가 지루해할 때 즈음, 한 사내가 손을 번쩍 들었다.

"만약 가겠다면… 보내주시는 겁니까?'

나는 히죽 웃었다.

"글쎄, 그건 너희들이 대답하는 과정을 보고 나서 결정해야 할 것 같군."

"무슨 의미입니까?!'

"어떤 의미인 것 같아?'

"이익!'

이를 꽉 깨무는 그에게 검을 던지자 그는 본능적으로 방패를 들어 검을 막아냈다. 그러나 마력 오러를 실어서 그런지 검은 방패를 뚫고 팔을 뚫었다.

"으아악!'

그는 팔을 잡고 바닥에 쓰러졌다.

"이 악마!"

"반항하지 마라."

놈이 조금 잠잠해졌을 때 나는 천천히 입을 열었다.

"보내주겠느냐고 물었지?"

나는 킬킬 웃었다.

"당연히 보내준다."

그들의 얼굴에 조금 화색이 돌았다.

"단, 지옥으로."

"그, 그런 말도 안 되는!"

"왜 말이 안 된다고 생각하는가? 난 내 군사이기를 포기한 자는 그 누구든 적으로 간주한다."

바이슨으로 돌아가는 즉시 그들은 나를 밀어낼 전략을 짤 것이 틀림없을 것이다. 그럴 것이라면 지금 이 기회에 제거하는 것이 속 편한 선택이겠지.

어떻게 죽었는지에 대한 것은 당연히 전쟁 중 적군으로 인한 사망 처리를 해버리면 되는 것이고, 지금 나를 따라온다면 일이 끝나고 돌아가기 전에 깔끔하게 정리하면 되는 것이다.

요는 아직 단물이 빠지지 않은 놈들을 입에서 내뱉기엔 아깝다는 것이다. 그러니 단물이 모두 빠지게 되는 그 순간, 그들은 죽음에 직면한다.

잔인한 것이 아니냐고?

절대!

나는 이미 정의롭기를 포기했다.

어둠과 빛을 함께 공유한 마법사.

체계의 마도사란 그런 것이다.

Chapter 37
격돌

1

그들은 결국 나를 따라나서기로 결정했다.

사실 나는 아주 철저하게 연기했다.

적어도 그들에게 내가 딴마음이 있다는 속내 정도는 들키지 않으려고 조작된 움직임을 보였다. 내가 그들을 믿고 있는 듯한 모습을 가식적으로 표현했다.

계산 속에 살아가는 내 자신은 언젠가 그에 합당한 대가를 받게 될 것이다. 그것은 심해보다 낮고, 어두운 곳에서 천천히 소리없이 다가와 나를 집어삼켜 버릴지도 모른다. 그걸 알면서도 이렇듯 버겁게 살아가는 것은 내겐 이미 예정된 운명일지도 몰랐다. 신은 내게 환경이 주는 가장 짙은 고독과 외로움을 안겨주었다.

그래서 난 그것을 부정이라도 하려는 듯 나 이외의 대부분의 것들은 믿지 않았다.

마치 나 자신이 전부인 것처럼, 그리고 그것이 내가 살아가는 길의 가장 확실한 진리인 것처럼 늘 그렇게 믿고 있었다.

"이제 마음만 먹으면 도달할 수 있는 거리입니다."

지도를 펼쳐 보인 장 얀느는 다소 고심하는 얼굴이었다. 상대의 병력 체크를 확실히 할 수 없으니 강세를 예측할 수 없었고, 무엇보다 브로크웨이의 숫자가 관건이었다.

그는 돌파구를 생각해 내려는 듯 보였다.

나는 사실대로 말했다.

이것 말고는 생각한 것도 없었고, 다른 전략을 쓴다고 해서 크게 이길 거라곤 생각지 않았다. 어쩌면 지금의 전략이 가장 효과적이고 내게 필요한 전략일 것이었다.

'전략이 없다' 라고 말을 하니 장 얀느가 동그랗게 뜬 눈으로 날 본다. 잘 이해가 안 간다는 표정이었다. 그럴 만도 했다. 그는 치밀하고 아주 깔끔한 계산이 머릿속에서 끊임없이 회전 중이었을 것이다.

그런데 대뜸 전략이 없다라니.

그는 마치 내가 신의 묘수라도 가지고 있을 거라는 기대에 찬 눈빛을 보냈다.

하지만 그런 절묘한 수가 있을 리 없어.

이럴 줄 알았다면 병법에 대한 공부를 좀 더 소홀히 하지 않았어야 했다.

"생각해 두신 게 있으십니까?"

생각이야 물론 해두었다.

그것이 가장 효과적이긴 하겠으나 결과는 장담할 수 없었다.

"일단은."

'일단은'이란 말에 장 얀느가 잠깐 주춤하다가 내게 물었다.

"어떤 것입니까?"

"우선 델 키오르와 록 켄드를 불러다오."

"알겠습니다."

그가 나간 뒤, 나는 서서히 가슴이 뜨거워짐을 느꼈다. 코 앞으로 다가왔고, 지금이 가장 중요한 때였다. 만약 이번 승부에서 2천 체계를 넘어서지 못한다면, 그것으로 나는 끝장날지도 모른다.

하지만 과연 2천 체계를 넘어설 수 있을까?

얼마 전, 내가 한계치 이상의 마법체계를 발현하자 몸에서는 마나 거부 반응이 일어났고, 나는 그 후유증으로 인해 죽음에 이를 뻔했다.

마법체계의 조율.

그 또한 중요한 것이지만 그런 식으로는 2천 체계에 다가

갈 수 없었다.

보이지 않는 벽.

그것이 내 앞을 가로막는 마법체계란 이름의 단단한 문이었다.

"무슨 일이야?"

지금 막 록 켄드와 그 뒤를 따라 델 키오르가 함께 안으로 들어왔다. 록 켄드는 졸린 얼굴이었는데, 막 자다가 일어난 듯 머리도 새집이었다.

그에 반해 역시 귀족 가문 출신답게 델 키오르는 늘 말끔한 차림새다. 상당히 대조적인 두 명의 모습을 보면서 나는 서두 없이 바로 본론을 이야기했다.

"딱 세 방향에서 친다. 나와 록 켄드, 그리고 델 키오르 이렇게. 그리고 내가 신호를 쏘아올리면 병력이 합세하는 공격으로 들어갈 거야. 매복이니 뭐니 하면서 조잡한 전략을 짤 시간도, 여력도 없어. 부탁한다."

"음, 부탁이란 거군. 넌 말을 참 잘한단 말야. 만약 명령조였다면 당장 네놈의 턱을 한 대 날려주고 어디론가 유유히 놀러나 갈 생각이었건만."

아니란 것을 알고 있다.

그는 내게 목적이 있기에 나와 함께 있는 것이다. 그 이유는 그의 머릿속을 열어보지 않는 이상 모르는 것. 나는 그의 농담을 흘리며 델 키오르에게로 시선을 돌렸다.

"약속은 지킨다."

나는 그의 확실한 대답에 미소 지었다.

"해가 떨어지고 트윈라이트(트윈 문이 가장 뚜렷해지는 시기)에 공격을 감행한다."

나는 지도에 손을 짚으며 말을 이었다.

"델 키오르, 그대는 이곳에. 록 켄느는 이곳에서 준비하도록."

지도를 본 록 켄드가 웃었다.

"오늘 밤 거대한 피의 홍수가 나겠군. 근데 상대는 브로크 웨이를 제외하면 모두 몬스턴가?"

"모른다."

"정보없는 싸움이라. 더럽기 그지 없군. 크크큭. 하지만 뭐, 이 몸이 합세한다면 그런 이론적인 것이야 다 묵살되어 버리지."

정말이지 자기 잘난 맛에 사는 인간이다.

"모두 저녁때까지 긴장을 풀어놓도록 해."

내 말에 델 키오르와 록 켄드가 동시에 코웃음을 쳤다.

정말 당당하다 못해 오만한 자들이다.

2

은빛기사단과 평민으로 구성된 지금의 빛의 기사단은 서로 파벌을 만들어 경쟁하고 있었다. 그것은 대화조차 없는 암묵적인 내전 전투였다.

날카로운 눈으로 서로를 쏘아보며 한 가지 시비라도 걸릴지라면 단숨에 잡아먹을 듯한 시선. 하지만 내가 나타나면 그들은 언제 그랬느냐는 것마냥 무표정한 얼굴로 바꾸곤 했다. 이래서는 전쟁에 있어 혹시 모를 변수가 생길 수 있었다. 나는 그들 중 평민 신분으로 빛의 기사단에 입단하게 된 사내들만을 내 임시 거처로 불렀다.

그들은 다른 지역에서 전쟁 준비를 해야 했다. 같은 곳에 있다면 분란이 생길 것이 틀림없었고, 무슨 짓을 저지를지 모르는 놈들이 아닌가. 말도 안 되는 이유로 핑계를 대면서 편안함과 게으름이 몸에 배어버려 이미 정신 상태가 썩어빠진 놈들이었다. 그들은 단순한 방패막이로 쓸 생각이다. 살아남는다면… 글쎄, 모르겠군. 써먹을 곳이 있다면 잠시 보류할지도.

"부르셨습니까."

그들의 눈은 죽어 있었다.

여러 가지 문제를 떠안게 되었고, 그 과정 중에서 특히나 많은 고초를 겪은 것이 이들일 것이다. 그렇다고 해서 그들에게 특혜를 줄 생각 같은 건 없었다.

세상은 본래 평등하지 않다.

잔혹하고, 잔인하며, 인정이 없는 것이 세상의 본래 모습.

평화로운 자연 환경 뒤에 무시무시한 재해(災害)가 있듯이 가려진 세상의 울터리 속에서 살아가는 것이 삶이다. 그러나 눈빛이 죽어 있다면 그것은 그것 나름대로도 문제여서 해결해야 할 부분이 있었기에 그들을 부른 것이다.

특혜가 아닌, 바로 세상의 이치에 들어맞는 방식으로 말이다.

"나는 어렸을 때 거지였다."

내가 이 말을 꺼내자 그들은 '갑자기 무슨 소리야' 라는 시선으로 서로를 보며 당황해했다. 나는 신경 쓰지 않고 말을 이었다.

귀찮은 건 질색이니까.

"그리고 쓰레기통을 뒤져야 했지. 그게 무슨 의미인진 알겠지?"

한 짙은 흑색의 짧은 머리칼의 사내가 대답했다. 그는 그것을 가슴 깊이 공감하는 듯한 표정과 눈빛이었다. 그간 고생이 많았는지 얼굴에 주름이 꽤 있어 젊은 데도 얼굴이 팍 상해 있었다. 그리고 그런 만큼 그는 서러움을 토해내듯 말한다.

"…살기 위해서이지요."

그랬던가.

그렇군.

마치 잊고 있었던 무언가가 떠오른 것처럼 아련하고 아릇

한 기억이 가슴 안으로 파고들어 옴을 느꼈다.

가장 원초적인 본능.

"맞아, 살기 위해서지. 그리고 마법을 배우면서 난 살기 위해, 죽지 않기 위해 노력했다. 그리곤 아주 놀라운 확률로 살아남았어."

나는 깊어진 눈동자로 그들을 한눈에 담았다.

"살아남아라! 세상은 먼저 한 발자국 걸어가 손에 움켜쥐어야만 결과를 가져올 수 있다. 만약 그대들 중 가장 눈에 띄는 활약을 보이는 자가 있다면 막대한 양의 재물을 내릴 것이다."

그들의 눈빛이 단번에 변했다.

바이슨 왕국이 큰 국가이긴 해도 빈부의 차는 극명했다. 열악하고 힘든 환경에서 자라온 그들에게 돈이라는 것은 행복이 아닌 고통이라는 인식을 가지고 살아왔다.

재물이라는 것은 어쩌면 그들에게 있어선 명예보다 값진 것이었다. 명예 따위가 있으면 뭣 하는가. 가족이 굶주림에 허덕여 사람 고기를 원하는 마당에.

그런 생지옥 같은 삶을 견뎌내며 지금까지 살아온 이들이다. 하물며 많은 것을 포기하고 목숨을 건, 검을 든 군사이기를 선택한 그들은 얼마나 힘든 과정 속에서 살아남았을지는 깊이 생각해 보지 않아도 알 수 있다.

굶어보지 않은 자는 모른다.

굶주림이 얼마나 추악하고 고통스러운 더러운 발버둥인지를.

"바이슨으로 귀환한다면 네놈들 전부에게 가족들을 부양할 수 있는 충분한 양의 포상을 줄 것이다."

"저, 정말이십니까?"

"정말이십니까?!"

검지를 입에 가져가자 그들은 되도록 흥분을 가라앉히려고 노력했다. 나는 흥분에 찬 얼굴을 하고 있는 그들을 보면서 꽤 차가운 말을 조금도 감정의 흔들림없이 내뱉었다.

"단, 한 가지만 알아두면 돼."

그들의 눈에 불안과 공포가 차올랐다.

"살아남기 위해 비겁하게 적을 두고 도망가는 행동은 용서할 수 없다. 그 행동이 내 눈에 들어왔을 때는 적이 아닌 바로 내가 굶주림을 잊을 수 있는 망각의 죽음을 내릴 것이다!"

"아아……."

다리에 힘이 풀려 주저앉는 이들도 있었다. 주먹을 꽉 쥐며 삶에 대한 지독한 의지를 드러내는 자들도 있었다. 과연 이들 중 몇이나 살아남을까?

나는 깊은 생각에 잠긴 그들을 두고 먼저 자리를 빠져나왔다.

심란한 그들의 감정은 생각이라는 과정에 의해 잔잔한 수면처럼 진정되어 갈 것이다. 그리고 그들은 보다 강한 군사가 되겠지.

*　　　　*　　　　*

그동안 같이 왔는지도 몰랐던 이클로드가 막사 안으로 들어왔다. 녀석은 늘 웃는 얼굴이다. 그래서 더 소름이 끼쳤다.

이클레이드의 핏줄.

눈동자가 너무 닮았다.

눈매는 서글서글해 보이지만 눈동자는 한없이 차갑고 잔인했다. 나는 눈을 한 번 지그시 감고는 휘몰아치려는 감정의 소용돌이를 잠재웠다. 그리고 잠시 후 눈을 떴다.

"오랜만이구나."

"네, 로크님."

그는 생글생글 웃는 얼굴로 주위를 둘러보았다.

"곧 전쟁이 일어날 텐데 제게는 임무를 주시지 않나요?"

"그동안 안 보이던데. 뭘 했어?"

"조용히 따라왔지요."

나는 미묘한 시선으로 녀석과 눈을 마주쳤다.

"지겹지 않더냐?"

"전혀요."

나는 녀석을 똑바로 바라보았다.

찜찜하고 기분 나쁜 감각이 쇠사슬처럼 내 몸을 묶었다.

훗날 녀석의 통통한 볼이 쭉 빠지고, 나이를 먹게 되면 어쩌면 아비보다 더 무서운 놈이 될지도 모르겠다는 느낌이 들었다.

이 어린 나이에, 전쟁에 그것도 자발적으로 참여했다.

자신이 힘을 가지고 있다는 것을 알고 그것을 쓰고 싶어 한다.

파괴 욕구.

그것이 현실로 실현될 때, 그의 감정은 더더욱 새카맣게 타버리게 될 것이다.

순수함을 가장한 악마적 행위.

녀석은 무서운 가면을 썼다.

녀석의 미래가 내 몸을 떨리게 만들 정도로.

미리 제거해야 할지 아닐지 이번 기회에 확실히 녀석의 능력을 확인해 봐야겠다.

"나와 델 키오르, 그리고 록 켄드가 행동을 개시하면 너는 언덕 위에 몸을 숨겨 빠져나오는 적들을 해치워라."

나는 녀석을 깊숙한 곳까지 파헤쳐 보듯 이클로드의 눈을 지그시 응시했다.

"가랑비에 옷이 젖어가듯 서두르지 말고, 느리지만 확실하게. 알겠느냐?"

"넵!"

임무를 받으니 아주 신난다는 표정이다.

이렇게만 보면 그저 같은 또래의 아이들과 같은 평범한 소년처럼 보이는데, 그놈의 눈동자가 나를 긴장하게 만들었다.

이클레이드의 타고난 핏줄이 만들어낸 악마의 눈동자.

나는 그를 외면하듯 고개를 돌렸다.

"그럼 나가보거라."

"다른 전략적 임무는 없어요?"

"그래."

이클로드는 그 대답에 조금 시무룩한 얼굴로 몸을 돌렸다. 하지만 이내 아주 작게 웃었다. 그것은 정말이지 온몸의 살점이 떨어져 나갈 정도로 소름 끼치는 웃음이었다.

*　　　*　　　*

베놈이 한 사내를 어깨에 짊어지고 왔다.

입가에 피를 흘리고 있었는데 자살이었다.

"저희를 쫓고 있는 한 놈을 간신히 잡았는데, 무력이 안 되자 곧장 혀를 깨물고 자신의 배에 스스로 검을 찔렀습니다."

"한 치의 망설임없이?"

"예."

"혹여 아시는 인물인가 해서 데려와 봤습니다만… 크릉."

그의 복장은 온통 검은 천으로 몸을 둘둘 말은 상태였다.

추측되는 대상이라면 길드탑.

끈질긴 놈들, 아직도 나를 포기하지 않은 모양이었다.

하긴 수뇌부 몇몇을 날려 버렸으니 이제 와 인연이 아니라고 할 수도 없지. 아니, 악연이다!

그의 몸을 뒤지자 역시나 아니나 다를까, 길드원임을 증명하는 패가 나왔다.

전쟁을 치르기 이전에 머리가 조금 복잡해졌다.

어금니를 꽉 깨물며 손에 마력을 부여했다.

길드탑의 패는 순식간에 녹아내렸다.

"이에 대한 문제는 후에 생각할 일. 우선은 녀석들을 제거해야 한다. 우선은 국왕 전하의 명을 따라야겠지!"

Chapter *38*
재앙

시간이 되었다.

트윈라이트가 되었을 때 명령대로 군사들이 준비했고, 나와 델키오르, 그리고 록 켄드는 각자의 맡은 자리에 준비했다. 놈들은 꽤 고급스런 천으로 만든 기지에 정착하고 있었다.

차갑고 시리게 부는 지금의 바람은 곧 뜨거워질 것이다. 긴장과 뜨거운 피가 바람을 덮을 것이다.

나는 항상 싸우기 이전 마음이 조금은 침착해지는 이상한 장점을 가지고 있다. 하지만 싸움이 끝나는 즉시 나는 꽤 고통스러운 시간을 달래야 할 것이다.

뭐, 그 고통스러운 시간이 올지는 미지수이지만…….

피이이잉—

마법으로 신호를 올리는 즉시 나와 델키오르, 그리고 록 켄드가 먼저 움직였다. 녀석들이야 자유롭게 싸우면 그만이지만 나는 달랐다.

지금껏 전쟁을 위한 길을 오면서 간간이라도 보았던 마법체계서의 공부를 바탕으로 2천 체계에 도달해야 했으니까. 그래서인지 내 눈에는 그 어느 때보다 간절함이 깃들어 있었다.

"적이다! 적들이 쳐들어왔다!"

인간형 몬스터 하나가 미노타우르스 뿔피리를 불었다.

부우우—

신호를 주는 즉시 엄청난 숫자가 나타났다.

나는 눈을 비볐다.

지금 눈앞의 숫자는 그야말로 꿈에서도 본 적이 없는 어마어마한 숫자였다. 수를 헤아릴 수도 없고, 언제 다 죽일 수 있을지조차 가늠할 수 없는 물량이었다.

하지만 왠지 가능할 거라는 생각이 들었다.

본래 마법이란 많은 적을 하나의 마법으로 파괴할 수 있는 재앙의 힘이 아니었던가.

게다가 나는 조금씩 이상한 감각을 느꼈다.

내가 다 제어할 수조차 없을 정도로 막대한 양의 마력이 느껴지는 것이다. 이것이 이클레이드가 말했던 일시적인 마법 체계의 상승?

그것이 사실이라면 정말이지 기적적인 타이밍이었다.

지금의 기회를 절대 놓쳐서는 안 돼!

무수한 숫자의 각양각색의 몬스터들이 우루루 달려오는 게 보였다.

'시작은 화려한 게 좋겠지!'

뜨겁고 붉은 피.

파괴하며 회전하는 내부의 폭풍.

"1,780체계. 다크 블러드(Dark Blood)!"

하늘 위로 손을 번쩍 들어 올렸다.

손바닥 위로 검은 구가 생겨났는데, 그것은 점차 커지기 시작하더니 마치 온 세상을 뒤덮을 듯 거대하게 부풀어 오르기 시작했다.

아무리 마력이 상승했다고 해도 1,780체계 급은 꽤 무리였는지 입에서 검은 피가 흘러내렸다. 몸속도 차가워지는 느낌이 들었다.

하지만 마법이 사라진 것은 아니다.

나는 있는 힘껏 멍하니 마법을 보고 있는 적들을 향해 다크 블러드를 내던졌다.

구구구구—!

검은 구는 엄청난 숫자의 몬스터들에게 떨어졌다.

다크 블러드에 얻어맞자 그들의 모습은 모두 검게 변하기 시작했다. 그러니까 피부와 입고 있던 갑옷마저도 검게 변색된 것이다.

어리둥절해하고 있는 그들을 보며 나는 서서히 체계의 변화를 주었다.

2차 연쇄 공격.

"이너센트(Inersent)."

손가락을 딱! 튕기자 그들은 온몸이 찢겨지며 피가 사방으로 솟구쳤다. 그것은 둘도 없는 지옥의 광경이었다. 수백의 숫자가 온몸의 살이 찢어지며 피를 뿌렸다.

피의 향연.

나는 하늘 위로 펄쩍 뛰어올랐다.

징글징글하게 모여 있는 곳으로 떨어지면서 토네이도 윈드를 시전했다. 검에서 칼보다 날카로운 바람들이 폭풍이 되어 주위를 휩쓸기 시작했다.

쿠워어억!

온몸이 산산조각 나며 쓰러지는 몬스터들은 정말로 토네이도에 의해 집이 쓸려 나가는 듯 보였다. 이미 피 냄새가 코를 마비시켰고, 눈은 붉게 물들었다.

온몸이 아드레날린으로 가득 찼다.

엔돌핀이 활성화되기 시작했고, 나는 살인에 대한 감각이 완전히 무뎌져 감을 인지했다. 몬스터라 할지라도 살을 베는 것임은 틀림없는 현실.

터어엉!

한 번의 휘두름에 5개의 머리가 하늘 위로 날았다.

그리고 뒤에서 덤벼드는 좀비 20여 마리에게 일제히 매직 미사일을 시전했다.

퍼버버벅벅!

과연 내가 한 것이 맞을까 싶을 정도로 정교했다.

몸통을 관통당한 것들은 모두 뒤로 날아가며 바닥에 나뒹굴었다. 아직 몬스터는 많았다. 죽여도 죽여도 끝이 보이지 않는 어마어마한 숫자.

나는 이를 꽉 물었다.

신의 힘이 나의 붉은 피에 덮어지고,
어두운 피는 그대의 심장에 투여되리라.

7차 배열의 마법 분해 트리미너 공식 틀.
어둠의 상징을 마나로 유동.

590체계. 디스인티그레이트.

빛의 창이 무더기로 몰려 있는 몬스터들에게 소나기처럼 쏟아져 내렸다. 국왕과의 전투 때는 하나를 소환했지만, 체계의 힘이 상승한 지금 떨어져 내리는 디스인티그레이트의 개수는 총 7개. 그 힘은 실로 어마어마했다.

콰광쾅쾅쾅!

온몸의 살점이 터져 나가고 산산조각이 났다.

그 여파로 거대한 모래 바람이 불었다.

나는 마법으로 눈을 보호하고 몸에 마나를 둘렀다.

그리고 하늘 위로 뛰어오른 뒤, 휘몰아치고 있는 내 몸 내부의 마력을 진행한다.

눈에서 하얀 안광이 번쩍였다.

온몸에서 하얀 빛이 쏟아졌다.

2천 체계에 다다른 마법체계의 힘은 거대하다고 표현하기조차 힘든 그런 것이었다.

빛과 피의 융합.

"1,987체계. 라이트 앤 블러드(Right & Blood)!"

30피르 반경의 몬스터들의 가슴에서 빛이 일렁였고, 아주 짧은 시간 후에 피가 쏟아져 내렸다. 도미노처럼 쓰러져 가는 몬스터들!

그럼에도 아직 숫자는 줄어들 기세가 보이지 않았다.

그러나 내 주위는 거의 재앙을 연상시키듯 엄청난 숫자의 시체가 쌓이고 쌓여갔다.

쿵쿵쿵쿵!

녀석들의 발 구르는 소리는 육중했다.

그리고 기세 또한 엄청났다.

미노타우르스 부대가 콧김을 흥흥 내쉬며 달려오고 있었다. 그리고 뒤쪽에서는 어마어마한 떼거리의 오크들이 달려들고 있었다.

"귀찮은 놈들 같으니라고⋯⋯."

한번에 쓸어버리고 싶었다.

예전이었다면 마력 고갈로 인해 고생했겠지만, 지금의 나는 넘치다 못해 홍수다. 모두 쓸어넘겨 주마.

피를 잠식하는 악마의 이빨이여,

어둠을 집어삼키는 뜨거운 식탐이여,

그 차디찬 죽음의 늪으로 유도하나니.

내게서 그 지옥의 현실을 창조할 힘을 부여해 다오.

"530체계. 다크 스웜(Dark Sworm)!"

콰르릉!

우레가 쳤다.

맑던 하늘이 단숨에 어두워졌다.

진정한 마도사의 힘!

심장이 뜨겁다 못해 활활 타오를 것 같았다.

가슴이 용암처럼 부글부글거렸다.

경계를 벗어난 힘.

벨제부브의 영혼이 몸에 착안된 듯한 착각이 들었다.

폭풍처럼 쏟아져 나오는 마력의 기세에 달려오던 몬스터들의 발걸음이 뚝 멈춰 있었다.

그렇다고 해서 달라지는 것은 없어.

예정된 죽음뿐.

대지에서 검은 연기가 스물스물 피어올라 왔다. 그것은 흡사 뱀처럼 몬스터들을 휘감았다. 그 속도는 느리지만 피할 수 없는 것이었다.

오크와 미노타우르스가 두려움의 괴성을 질렀다.

취이이— 이이익!

쿠워어어어!

미친 듯이 광분하며 몸을 뒤흔들지만 소용없었다.

이미 다크 스웜으로 녀석들을 사로잡은 후였다.

벨제부브 영혼의 지시를 받아 마력을 공급!

그 즉시 반응이 나타났다.

참혹한 광경이 또다시 눈앞에 그려졌다.

꿈에서 나올 것만 같았다.

아무리 몬스터라지만 이것은 지옥, 그 자체였다.

몸이 찢어지고 문드러졌고 순식간에 부패되어 썩는다. 몸에서 알 수 없는 형태의 액체가 흐르고, 전의를 상실하게 만드는 위력.

재앙의 힘이 닥치자 후발대의 몬스터들이 완전히 겁에 질렸다.

키리룽!

"오호라……."

브로크웨이의 방어책인가?

어둠의 성질에 익숙한 스켈레톤이 바닥에서 몸을 일으켰다.

몸을 흔들며 천천히 걸어오는 그것들은 몸이 푸른 해골이었다.

숫자는 어림잡아 30.

간단했다.

필요한 것은 신성력이다.

어둠에겐 빛으로 대응하는 것이 완벽한 상성이다.

마법체계는 빛과 어둠의 공존으로 탄생된 마법의 혁신!

어둠을 가르는
신성한 외침.

"1,774체계. 홀리 샤우트(Holy Shout)!"

범위는 크다.

고작 30을 상대로 발현하기에는 터무니없이 넓을 정도로 영향의 범위가 크지만, 그것은 곧 부활하기 직전의 언데드까지 소멸시킬 정도의 힘이있다.

그것은 마법체계이기에 가능한 것.

마법체계는 신성력까지 컨트롤이 가능하다.

마법에 대한 모든 성질을 꿰고 있는 것이다.

"하아아아—"

음성은 마력으로 인해 힘을 작용받고, 그것으로 언데드들은 치명적인 신성의 데미지를 받게 되었다.

바스르륵.

스켈레톤들은 모래가 흘러내리듯 바스라졌다.

나는 검을 뽑아 들고 즉시 브로크웨이를 찾았다. 내 몸속 마력의 근원인 심장이 터질 듯이 팽창하는 게 느껴졌다.

어둠과 붉은 마력이 표출하려 용솟음쳤다. 폭발할 것 같은 심장에게 내 자신이 먹힐 것만 같은 두려움마저 생길 정도로 내 마력은 무서울 정도로 증강하고 있었다.

어서 마력을 쓰지 않으면 몸이 산산조각 날 것 같은 불안감마저 엄습했다.

"다크 스워드(Dark Sword)!"

검에서 흑색의 오러가 무럭무럭 피어났다.

그것을 보고 공격을 준비하던 몬스터들이 움찔거렸다. 놀랍게도 오러를 본 적이 있는 모양이다. 굳이 검은 오러가 아니더라도 그 오러라는 마나의 힘에 대해서 그들은 마치 알고 있는 것처럼 불안해했다.

그렇다면 그것은 브로크웨이가 만들어낸 오러겠지.

스륵!

목을 베어내자 목뼈가 잘려 나가는 소리가 깨끗했다.

일반적으로 목을 베면 둔탁한 소리가 나지만 오러가 깃들어 있을 경우, 마치 종이를 베어내는 듯한 소리가 난다. 그만큼 완벽한 살상력을 갖춘 것이 오러.

마법체계는 일정 수준을 넘어서면 마나뿐만이 아니라 오러 컨트롤까지 가능했다. 그리고 그 능력은 지금처럼 믿기 힘들 정도로 뛰어났다.

마법으로 체력적 능력을 올린 후, 검은 오러를 발현하는 다크 스워드에 몬스터들의 시체 수는 무서울 정도로 빠르게 늘어갔다.

쾅쾅! 콰앙—!

이곳저곳에서 큰 폭발음이 들렸다.

델 키오르와 록 켄드, 그리고 이클로드가 공격을 시작한 모양이다.

쉬이익—

육중한 무게가 실린 검이 날아왔다.

가히 함께 몸을 날린 속도로 보아 일반적인 몬스터가 아니었다. 그는 검은 얼굴에 거미줄처럼 상처가 나 있었고, 피부 때문인지 유독 하얗게 보이는 눈이 꽤 무서웠다.

추운 날씨임에도 불구하고 탄탄한 근육의 상반신을 보여 준다. 아주 넓적하고 큰 칼을 쥐고 있었는데, 털로 된 바지를 입고 있는 그는 굉장히 용맹해 보였다.

그런 만큼 그의 검은 무거웠고, 열의가 있었다.

카가강―!

검을 비스듬이 세워 올려 검을 쳐낸 뒤, 마법을 발현했다.

드라이빙 스톤(Driving Stone)!

바닥이 깨어지며 뾰족한 돌이 상대를 휘감았다. 그것을 단순한 육체적 힘으로 부숴 버린 뒤, 하늘 위로 뛰어올랐다. 검을 치켜든 그가 내 머리 위로 떨어지고 있었다.

마침 옆에서 창을 찌르는 하나의 몬스터.

창을 잡아 당기자 몬스터도 덩달아 내 앞으로 도착했다. 녀석을 잡아 올리자 그것은 꽤 좋은 방패막이가 되었다. 도마뱀처럼 생긴 몬스터는 단 일 합에 몸이 두 동강 나고 말았다.

털썩―

무거운 몬스터의 몸이 떨어지고 나자 이지적으로 생긴 그는 묘한 시선으로 나를 응시했다.

항상 이런 식이다.

나를 처음 본 녀석들은 아마 머릿속에 많은 것들이 생각날 것이다.

이젠 진저리가 나는군.

"브로크웨이라면… 환영한다. 덤벼."

"당신이… 마법체의 심장인가?"

발음이 조금 부정확했지만 못 알아들을 정도는 아니었다. 반면 의외로 목소리는 상당히 깨끗했다. 외모에 비교해 보면 아주 두텁거나 걸걸할 거라고 생각했는데, 그게 아니었다.

"한 가지 궁금한 게 있다."

"……?"

"사실 네가 브로크웨이라면 내 심장을 갖고 싶겠지. 하지만 발록도 내 심장이 필요한 것으로 알고 있는데……. 그렇다면 브로크웨이와 발록의 갈등은? 발록이 자신이 섬기는 사람이니까 양보하는 건가?"

"섬기다니!"

그는 강하게 반발했다.

그의 까만 얼굴이 더 어두워졌다.

"그럼 대체 어떤 관계인 거야, 니네들?"

"상호 보완 관계."

"하나를 주고 하나를 받는다?"

그는 침묵했다.

침묵은 곧 긍정.

나는 고개를 설레설레 저었다.

"이해할 수 없군."

"굳이 알려고 할 필요는 없어."

"목숨이 달린 일인데 그리 가벼이 생각할 수 있나."

"너는 곧 죽는다."

나는 히죽 웃었다.

"글쎄, 어떨까?"

그의 눈이 밤을 밝히는 야광석처럼 빛났다.

짐승의 눈빛.

브로크웨이가 공통으로 가지는 탐욕과 짐승의 눈동자가 나를 훑었다. 그들은 눈이 좋다. 어디서 어떻게 움직일지마저 예측하는 것만 같았다.

브로크웨이들은 한마디로 천재다.

부작용이 낳은 천재.

"실패작이 이렇듯 강하다니, 이건 사기야."

"네가 우리들의 고통을 알아? 함부로 지껄이지 마라."

"고통?"

"더 이상 주절거리긴 싫다. 죽여주마."

그가 나타난 이후로 몬스터들은 나를 공격하지 않았다. 이유는 알 수 없었지만 아무튼 브로크웨이를 찾았으니 군사들에게 신호를 주어야 했다.

하늘 위로 붉은 섬광을 쏘아올렸다.

마력의 폭발로 인한 강렬한 빛이 하늘 위로 치솟아올라

갔다.

그 순간 그의 검에서 붉은빛이 일렁였다.

위이잉—

"오러?"

브로크웨이는 인간의 17배의 육체적 능력을 가지고 있다. 번개처럼 뛰어든 그의 붉은 오러가 녹술기를 향해 날아왔다. 아주 잠깐 생각했던 차에 자칫하면 목을 내어줄 뻔했다.

"쉴드(Shild)!"

급히 만들어낸 방어막과 그의 오러가 부딪쳤다. 확실히 진정한 오러는 아닌 듯했다. 하지만 오러는 오러. 그의 붉은 오러는 내 쉴드가 거의 9할 이상 깨지는 것은 물론 내적 마력 충돌까지 일으키게 했다.

"크윽!"

입에서 선혈이 흘러내렸다.

"마법 아이템."

그가 히죽 웃었다.

그가 들고 있는 넓적한 저 검은 손잡이가 아주 화려했다. 그리고 보통 사람은 구경도 하지 못할 정도로 커다란 루비가 박혀 있었다. 그 루비에서는 눈이 부실 정도로 강한 빛이 나오고 있었다. 때문에 나는 그가 들고 있는 검이 마법검이라고 생각했다.

그는 대답하지 않았지만 맞을 듯싶었다.

하지만 아이템으로 인해 만들어낸 오러가 얼마나 효용 가치가 있을까.

진실과 거짓은 명확한 차이가 있다.

그것을 가르쳐 주마.

퀴이익. 퀵!

적군에 뛰어든 것은 총 4명이다.

나와 델 키오르, 록 켄드, 그리고 이클로드까지.

그러니 싸움이 벌어진 곳으로 몬스터들이 점점 몰리기 시작했고, 눈앞의 시커먼 브로크웨이랑 짧은 싸움을 벌였던 순간에 어느새 주위는 수를 세아릴 수 없을 정도로 새카맣게 많은 몬스터가 포진되어 있었다.

지금이 바로 내가 기다리던 순간.

마력의 봉인을 풀었다.

전지전능한 신이시여,
세상을 비추기 위해
어둠을 걷어내는 청명한
아름다움을 내리소서.

"1,900체계. 신의 영역[God's Authority]."

거대한 흑색 전류가 나를 중심으로 원형으로 퍼져 나갔다. 그 흑색 전류에 맞닿은 몬스터들은 모두 온몸이 썩어들어 가기 시작했다.

실로 지옥의 광경을 눈으로 생생히 보는 것만 같았다.

마법체계의 힘은 두려움을 넘어선 공포였다.

"쿠어어억!"

처참한 비명 소리를 뚫고 역시나 방어진을 쳤던 브로크웨이가 신의 영역을 뛰어넘어 들어왔다. 그리고 그의 검에서 새빨간 빛줄기가 섬광처럼 날아와 내 어깨를 베었다.

파아악!

핏줄기가 허공을 날았다.

어깨를 부여잡고 뒤로 물러났다.

쉬이익!

하늘에서 검은빛이 유성처럼 쏟아져 내렸다. 쉴드를 펼쳤을 때는 어느새 힘을 모은 그의 검이 내 가슴을 향했고, 쉴드가 깨어지며 그의 검이 내 가슴을 찌르려는 순간이었다.

콰아앙!

델 키오르의 오러 블레이드가 브로크웨이의 몸을 때렸다. 뒤로 주르륵 밀려나며 돌벽에 부딪친 그는 비틀거리다가 무서운 눈매로 델 키오르를 노려봤다.

"크으으."

"한눈팔지 마라. 죽는 건 한순간이야."

델 키오르도 브로크웨이 하나를 담당하고 있었다. 온몸에서 하얗게 빛이 나는 신비한 인체를 가진 존재였다. 막강한 힘의 대결을 겨루던 가운데 나를 도와주었던 것이다.

묘하군.

내 심장을 지키기 위해 여러모로 바쁜 사람이야.

"좀 더 긴장해야겠어."

날씨 때문인지 차가워진 검의 손잡이를 더 거칠게 잡았다. 마력이 팔을 휘감더니 이내 검에서는 막대한 양의 마나가 일렁였다.

1,950체계.

그레이트 오러—

그레이트 오러는 긴 주문이 따로 필요없었다. 극한의 정신력으로 짧은 마법 주문으로써 엄청난 힘을 끌어올린다. 그러나 그런 만큼 거의 감당할 수 없는 막대한 양의 마력을 제어해야 하기에 엄청난 부담을 감수해야만 하는 단점이 있었다. 지금 이 순간을 뛰어넘지 못하면 나의 마법체계의 길은 그걸로 끝이었다.

구구구궁!

"엄청나군. 이것이 진정한 마법체계의 힘인가?"

그의 눈에서 무서운 탐욕의 감정이 출렁였다.

"글쎄, 아직 스승이란 작자를 뛰어넘지 못해서 자신있게 밝힐 만한 것은 아니야."

그의 낮고 어두침침한 눈동자가 내 눈을 찔렀다.

"스승이라면 역시나 악마 이클레이드를 말하는 것이겠군."

나는 킬킬 웃었다.

악마라…….

그럴듯했다.

"맛있겠어."

그는 내 가슴 쪽을 바라보고 있었다.

염원을 담은 그의 진심이 느껴져 소름이 끼쳤다.

혀를 낼름거리는 그는 마치 파충류 같았다.

처음 델 키오르를 보았을 때처럼 그의 표정과 눈빛, 그리고 감정의 기복마저 무서울 정도로 일치하고 있음을 느꼈다. 그런데 델 키오르는 어째서 이토록 변한 것일까?

내 의문은 길어질 수 없었다.

그의 공격 때문에 잡념을 지워 버려야 했기 때문이다.

달려오는 그에게 검을 대각선으로 휘둘렀다.

막대한 양의 오러가 공간을 찢어발길 듯 광포한 기세로 상대에게 향했다.

퍼어억!

왼팔이 완전히 날아갔다.

허공을 나는 자신의 팔을 바라보던 그가 이를 꽉 물고 힘을 터뜨렸다. 손바닥을 바닥에 박은 채로 알아들을 수 없는 주문을 외웠다.

순식간에 마법진이 펼쳐지더니 그곳으로 몬스터들이 빨려 들어 가기 시작했다. 비명 소리와 함께 몬스터들은 서로의 몸이 부딪쳐 융합되어 가기 시작하더니 이내 엄청난 크기인 하나의 몬스터로 변했다.

쿠워어어어!

온몸이 부르르 떨려왔다.

엄청난 괴성이었다.

크기는 약 미노타우르스 5마리를 합쳐 놓은 정도였다. 모습 역시 그것과 흡사했는데, 파괴력과 스피드는 미노타우르스를 뛰어넘는다!

타앙!

자리를 박차고 뛰어든 녀석의 무시무시한 손톱이 몸을 찢기 위해 날아왔다. 그 공격을 피하고 뒤로 물러났을 때 즈음 함성이 들려왔다.

살짝 뒤로 돌아보니 군사들이 통렬한 기합과 함께 달려오고 있었다. 조금 걱정이 되긴 했지만 내 코가 석 자라 지금은 신경 써줄 여력이 없었다.

눈앞의 이 엄청나다 싶은 괴물을 처리해야 했으니 말이다.

2

크르르륵―

입에서는 뜨거운 김이 나왔다.

무섭게 솟아 있는 이빨은 내 팔길이와 비슷했다.

그가 긴 목을 내밀며 입을 벌렸다.

쩌억!

꽝!

입을 다무는 소리는 마치 엄청난 무게의 철이 바닥으로 떨어지는 듯했다. 나는 당황하지 않고 침착하게 녀석의 턱을 향해 검을 그어 올렸다.

마력이 깃든 오러가 턱을 반쪽으로 갈랐다.

내 마력이 꽤 높았기에 괴물의 턱을 가르는 것은 그다지 어렵지 않았다.

거대한 양의 피가 주르르륵 흘러내린다.

그 피에는 징그럽게도 몬스터들의 육체가 간간이 섞여 있었다.

징그러운 괴물이 고통에 발버둥칠 때, 뒤에서 강한 기운이 느껴졌다.

난 곧장 힘을 일으켜 쉴드를 만들었다.

퍼버버엉!

"쿨럭!"

타이밍이 늦었다.

방어막이 깨지고, 내 복부가 브로크웨이의 검에 의해 베여졌다. 흘러나오는 피를 손으로 잡았음에도 전혀 지혈이 되지 않았다.

힐을 시행해 상처가 아물어갈 때, 그가 틈을 주지 않고 공격해 들어왔다.

"엔트의 줄기."

바닥에서 나무 줄기가 올라와 그의 다리를 묶었다.

연이은 공격.

파이어 볼 5구가 날아가 상대의 몸에 직격했다. 매캐한 연기가 피어올랐다. 앞가슴에 타오르는 불을 손으로 툭툭 털어내고 있는 브로크웨이는 피부가 많이 상해 있었다. 이를 악다문 놈의 의지는 곧 브로크웨이의 힘이 되었다.

쩌저적!

바닥이 갈라졌다.

브로크웨이의 힘의 여파인 듯 바닥이 깨어지며 돌 조각들이 하늘로 치솟아올랐다.

힘의 여파가 만들어낸 장대한 광경.

"내 이름은 조난클루스. 네놈의 심장을 취한 브로크웨이임을 기억하거라."

"세상이 잔혹한 이유는 우리가 만들어낸 과거 때문이다. 그것을 회피하며 피한다고 해서 만들어낸 업이 사라지는 것은 아니야."

그가 하얀 이를 드러냈다.

얼굴이 까매서 그런지 이빨이 너무 하얗게 보였다. 그리고 그것은 그런 만큼 그의 감정을 아주 뚜렷하게 표현했다.

"과거를 지울 수 있는 방법은 네 심장뿐이야."

"내 심장을 취한다고 해서 과거를 지울 수 있는 방법 같은 건 없어."

"어째서?!"

"기억은 사라지지 않으니까."

조난클루스는 몸을 부들부들 떨었다.

그의 눈은 곧 눈물이 떨어질 것처럼 그렁그렁했다.

내 말이 칼날이 되어 그의 가슴을 파헤쳤다.

현실을 피하고 싶은 그의 한 깊은 목소리가 터져 나온다.

"나의 마지막 염원을 부정하지 마라!"

콰앙!

단 한 번의 도약으로 순식간에 거리를 좁혔다.

실로 엄청난 속도였다.

그의 커다란 검이 붉은 궤적을 그리며 수직으로 떨어졌다. 흑색의 검은 오러를 덧씌운 검으로 칼날을 쳐낸 뒤, 몸은 왼쪽으로 회전시키며 가로로 휘둘렀다.

그가 다시 막아낸다.

카아아앙!

오러와 오러가 부딪친 소리는 흡사 악령의 비명 같았다.

소리에 인상을 찡그릴 시간도 채 없이 조난클루스의 긴 다리가 올라오더니 내 얼굴을 발로 차버렸다.

퍼어억!

육체의 완벽한 밸런스가 이루워져 있는 것이 브로크웨이다. 순간 머리가 띵— 해졌다. 시야가 흔들리고 초점이 잘 맞지 않았다. 그때, 검이 날아오고 있었다.

"균열[Crock]."

낮은 톤의 음색이 입에서 흘러나왔다.

마나의 유동으로 땅이 흔들렸다.

그의 자세가 흐트러졌을 때 즈음, 나는 정신을 차렸다.

아주 잠깐이지만 황금빛 색깔이 내 주위를 밝혔던 그때의 기억이 뇌리를 스치고 지나갔다. 그때의 감각. 거짓말처럼 몸이 기억하고 있다.

나는 눈을 감으며 그 감각을 이끌어냈다.

"무, 무슨 짓을!"

눈을 번쩍 떴다.

"이것이… 2천 체계."

나는 믿을 수 없었다.

2천 체계를 달성할 수 있었다.

손에 금방이라도 잡힐 듯했던, 하지만 결코 잡히지 않았던 그것이 한순간의 기억으로 인해 창조된 것이다.

나는 손에서 검을 놓았다.

빙그르 회전하며 떨어진 검이 바닥에 박혀들었다.

나는 눈을 감았다.

드넓은 바다처럼 대해의 마나가 내 온몸을 사로잡는 것만 같았다. 일그러진 얼굴로 혼신을 다한 그의 오러 블레이드가 나를 향해 쏘아졌다.

공간을 찢을 듯 거대한 기세였지만, 그것은 그뿐.

마법체계의 힘은 위대했다.

만물의 흐름을 바꾸는
기적을 부르리.

"턴(Turn)."

2천 체계의 이상은 더 이상 숫자의 개념이 없었다.

지금까지 나는 숫자에만 얽매여 마법체계의 벽에 가로막혀 있었던 것이다.

마법체계는 마법체계의 힘.

그뿐이다.

그것이 정론.

나는 그 의미에 따라 힘을 증폭시켰다.

"크와아아!"

혼신을 다한 그의 일격.

빛을 번쩍이며 날아온 그의 검은 나의 황금빛 기류에 의해 차단되었다. 손을 휘젓자 그것은 마치 신의 힘처럼 일렁이는 파도가 되어 조난클루스를 덮쳤다.

침몰되는 배처럼 그 황금 기류에 몸이 실리더니 순식간에 날아가 거대한 바위에 처박혔다.

쿠구궁—!

무너진 돌들이 떨어져 내리고 굉음이 났다.

뿌연 연기가 다 거두어졌을 때, 온몸이 피투성이가 된 조난클루스가 터벅터벅 걸어나왔다. 걷는 모습이 꽤 안쓰러웠다. 비틀비틀거리는 것이 금방이라도 쓰러질 것 같았다.

그의 초점은 흐릿했다.

나는 내가 강해진 사실과 마법을 잃지 않아도 된다는 안식을 얻었지만 지금의 이유 모를 불쾌함에 마음이 가벼울 수만은 없었다.

"쿨럭—"

그가 검은 피를 토해냈다.

그리곤 갑자기 몸이 울룩불룩해지더니 몸 이곳저곳이 터졌다. 엄청난 고통이 있을 것임에도 불구하고 그는 내 눈을 보며 웃었다.

그의 팔이 비상식적으로 굵어졌고, 이어 다리와 몸마저 굵어지며 그 크기를 더했다. 몸에는 털도 자라기 시작했고, 얼굴은 괴물처럼 흉측하게 변태했다.

크워어어어엉!

쩌렁쩌렁 울리는 그의 괴성에 온몸이 찌릿찌릿해져 왔다.

"대체… 뭐야, 이건?"

나는 넋이 나간 듯 변태된 조난클루스를 보며 중얼거렸다. 분명 내 마법체계의 힘 때문에 이리 된 것은 아닐 것이다. 내 마법 중에 상대를 괴물로 만드는 마법 따위는 없다.

그것은 연구자인 네크로맨서들이나 하는 짓.

그리고 네크로맨서들조차도 이런 단계는 실로 범접하기 힘들 정도로 엄청난 수준인 것이다.

그렇게 따져 본다면 이것은 자발적인 변태.

"브로크웨이가 인간이 아니라는 것을 가장 현실적으로 알려주는 것이 바로 저것입니다."

나는 목소리가 들려온 곳으로 고개를 휙 돌렸다.

내 오른쪽의 조금 낮은 곳.

이클로드가 서 있었다.

여전히 생글생글 웃는 얼굴로 조난클루스를 보는 이클로드의 눈빛은 마치 벌레를 보는 듯한 눈빛이었다.

경멸과 불쾌감이 뒤섞인 눈빛.

그것은 무서울 정도로 잔인한 깊이를 가지고 있었다.

거친 숨을 몰아쉬며 바닥에 머리를 처박은 조난클루스는 괴성을 지르다가 갑자기 방향을 변환하며 내게로 달려왔다.

예전의 나라면 꽤 당황했겠지만 지금은 말도 안 될 정도의 자신감이 생겨 버린 이후였다.

그가… 전혀 무섭지도, 강해 보이지도 않았다.

휘이익!

거대한 손에서 난 손톱이 나에게 날아왔다. 나는 손을 살짝 들어 올리며 마법을 캐스팅했다.

"쉴드."

그리고 놀라운 광경이 일어났다.

쉴드에 접촉되자마자 조난클루스의 손이 찢어지기 시작하더니 어깨까지 잘려 나가 완전히 한쪽 팔을 잃고 말았다. 그리곤 그는 괴물의 모습에서 다시 인간의 형태로 돌아갔다.

팔이 잘려 나간 그는 더 이상 일어날 힘도 없는 듯 바닥을 데굴데굴 굴렀다.

분통함과 아쉬움이 담긴 한 섞인 괴성이 계속해서 그의 입에서 터져 나오고 있었다. 그것을 처음부터 불만족스럽게 보고 있던 이클로드가 조난클루스를 향해 여유있는 걸음으로 걸어갔다.

"제가 처리할게요."

"기다려."

멈칫 선 이클로드가 나를 돌아봤다.

"나머지 적들은 어떻게 됐어?"

"대부분의 몬스터들이 도주. 피해는 약 200여 군사가 사망한 것뿐입니다. 그리고 또 다른 브로크웨이는 보이지 않습니다."

나는 주위를 둘러보았다.

바닥에 쌓인 몬스터의 사체가 어마어마했다.

"둘도 없는 지옥의 풍경이로군."

그때,

푸우우욱!

살을 찢는 소리가 들려왔다.

고개를 돌리자 조난클루스의 몸을 난도질하고 있는 이클로드가 보였다. 그는 웃고 있었다. 하지만 눈빛은 다르다. 혐오스럽다는 오오라가 눈빛에서 하염없이 뿜어져 나오고 있었다.

조난 클루스는 살려 달라고 애원했다.

가장 원초적인 본능의 외침을 질렀다.

순간 그가 순수했던 어린 시절의 한 인간으로서의 영혼이 겹쳐 보였다.

그도 인간이었다.

본래의 성질이 브로크웨이였던 게 아니야.

단순히 실험체가 되어 이유를 불문한 괴물이 되어버렸다.

혼란이 머릿속을 가득 메웠다.

그리고 이클로드가 죽도록 미워진 이 감정을 어떻게 해야 할지 몰랐다. 이클레이드는 어차피 나의 최대의 목표. 그런 그의 아들이 눈앞에서 이런 행동을 하고 있으니 감정의 기복이 엄청난 곡선을 그리고 있었다.

잠시 후, 조난클루스의 숨이 끊어졌다.

발로 차버리며 침을 뱉은 이클로드가 다시 생글생글 웃는 얼굴로 나를 봤다. 앞면이 피로 물든 소년의 웃음은 나의 눈을 감게끔 했다.

"그만 돌아가자."

"예."

손으로 얼굴에 묻은 피를 슥슥 닦아낸 뒤 자신의 손을 본다. 그리곤 짜증난다는 듯 엉망이 된 조난클루스의 사체를 보았다. 도저히 어린아이라고는 상상할 수도 없는 성격과 행동.

이클레이드나 그놈의 아들이나 모두 미쳤어!

주먹 쥔 손이 떨려왔다.

나뿐만이 아니었다.

평범하게 살아가는 것이 어쩌면 가장 어려운 것이라는 것을 나는 이제서야 현실적으로 깨달았은 것 같았다.

나만이 아니었어.

하늘은 모든 인간에게 시련을 주었다.

나는 시체의 산이 되어버린 주위를 둘러보며 나지막히 말했다.

"이건 완전히 재앙 수준이군."

피로 얼룩진 승리의 깃발.

마법을 지켰어도, 전쟁을 이겼음에도……

대승임에도……

나는 웃을 수 없었다.

Chapter 39
검은 그림자의 습격

1

전쟁이 끝나고 모두가 한자리에 모였다.

군사들은 상당히 지쳐 있었다.

전쟁도 전쟁이지만 추위와 그동안 강행해 왔던 상태에서의 전투는 심신과 육신을 혹사시켰던 것이다.

나는 돌아가는 즉시 커다란 승리의 파티를 여는 것으로 그들을 작게 위로했다.

죽은 동료들의 수가 많은 편은 아니었지만 대부분은 패닉 상태였다. 아마도 나를 비롯한 델 키오르와 록 켄드, 그리고 이클로드의 힘을 보면서 위화감을 느낀 것이리라.

그것은 두려움과 존경이 공존된 복합된 감정.

군사들은 전쟁이 끝나고 나를 더욱 어려워했다.

하긴 보여준 게 있으니 어련할까.

빛의 기사단 일원 중 하나를 무차별적으로 죽여놨으니.

아, 그러고 보니 그 문제가 남아 있었구나.

자칫 생각했던 것을 놓칠 뻔했다.

콧대 높은 귀족가 기사들이 내가 벌인 짓을 조용히 넘어갈리가 없었다. 어떻게든 꼬투리를 잡을 것이 틀림없다. 바이슨 왕국으로 돌아가기 전에 조용히 처리해야 할 텐데 방법이 마땅치가 않았다.

인간은 생존에 있어서 무서울 정도로 본능이 앞서는 동물이다. 분위기와 흐름이 심상치 않음을 느낀 한 기사가 내게로 달려와 무릎을 꿇었다.

금발과 검은 머리가 뒤섞인, 희귀한 머리칼을 가진 사내였다.

그의 눈빛이 기억난다.

경멸과 비웃음이 가득했던 눈동자였다. 하지만 지금은 완전히 다른 사람이었다. 눈빛 하나로 사람이 이렇게 달라질 수 있다는 사실에 놀랐다.

"위대한 힘을 견식했습니다. 그리고 감탄을 금하지 않을 수 없었습니다. 빛의 기사단을 이끄는 군주님으로서 전혀 손색없는 기량을 보여주셨습니다. 앞으로는 목숨을 바쳐 로크님을 모시겠습니다!"

고민이 생겼다.

후환거리를 남겨두느냐, 아니면 이 녀석들을 이용해 먹느냐에 대한 처치 곤란의 갈등. 장 안느와 의논하고 싶지만, 이런 상황에서 그런 대화를 나눈다는 것은 불가능한 것이었다.

일단 보는 눈이 많다.

"잘 알겠으니 그만 돌아가라."

그가 천천히 고개를 들었다.

그의 눈동자는 확고했다.

놀라운 연기일 수도, 두려움으로 인해 만든 충성일 수도 있었다. 귀족가였던 빛의 기사단만을 모조리 죽여 버린다면 그것으로도 왕궁에서 의문을 가질 수 있는 것.

돌아가는 동안 최대한 빠른 시일 내에 결정해야 했다.

그가 돌아간 뒤 분위기는 한층 더 무거워졌다.

묘한 긴장감이 감돌았다.

특히 귀족가의 빛의 기사단들은 말이 없었다. 그저 묵묵히 따라올 뿐이었다. 죽음이라는 두 글자에 공포를 느낀 것인지 그들은 신기할 정도로 입을 다물고 있었다.

쉴 새 없이 나불대던 그 입이 마치 붙어버리기라도 한 것처럼 말이다.

"저놈들을 어찌한다……."

머리를 긁으며 상념에 젖을 때, 델 키오르가 내 옆으로 다가왔다. 기척도 없이 다가와 생각에 잠겨 있던 나는 깜짝 놀랐다.

"거, 소리 좀 내고 다닙시다."

귓등으로 들은 듯 그는 전혀 개의치 않았다. 늘 소리없이 무거운 델 키오르의 안색은 다소 심각해 보일 정도로 굳어 있었다.

"긴장을 놓지 마라."

전쟁은 끝났다.

그런데 긴장을 놓지 말라니?

"어떤 의미인가?"

"적들의 움직임을 포착했다. 정체는 아직 불명."

나는 마나로 주위를 훑었다.

내 감각으로는 잡아낼 수 없었다.

대체 무엇을 느꼈는가, 델 키오르.

내가 반박하려던 차에 델 키오르가 고개를 뒤쪽으로 돌렸다. 그리고……

"으아악!"

군사들의 비명 소리가 연이어 터져 나오기 시작했다.

델 키오르는 두말없이 몸을 날렸다. 나는 영문도 모른 채 그를 뒤따랐다. 비명 소리가 들린 곳에서는 검은 무언가가 눈에 보이지 않을 정도로 빠른 속도로 군사들을 스치고 지나갔는데 그 검은 그림자 같은 것에 스치는 즉시 모두들 피를 뿜어냈다.

순식간에 단단한 갑옷을 입은 50의 군사들이 목숨을 잃었다. 마치 장난감 병정처럼 쓰러져 가는 군사들은 속수무책이었다. 보이지 않는 검은 그림자에 목숨을 빼앗기고 있어 군사들은 1차적으로 공포에 질렸고, 이내 도망가기 시작했다.

그 자리에 덩그러니 델 키오르만이 남았다.

검은 그림자가 날아들자 검을 휘두르며 그 그림자를 쳐낸다. 검에 얇게 둘러진 오러의 막이 점점 사방으로 퍼져 나가며 아름다운 푸른빛을 뿜어내기 시작했다.

진정한 오러의 빛깔. 델 키오르는 그것을 가지고 있었다.

퍼어어엉!

엄청난 소음이 일었다.

뿌연 먼지가 일고, 하늘 위로 수십 개의 검은 인영이 뛰어올랐다.

검은 복장.

감이 왔다.

길드탑! 그들은 우리가 전쟁이 끝나기를 기다렸고, 힘이 빠진 틈을 타 공격을 개시한 것이다. 군사들은 지친 몸으로 혼신을 다했지만 피로도는 이미 전투력을 급하강시킨 상태였다.

주위를 분간할 수 없을 정도로 사태가 산만스러워졌을 때,

순간 옆구리가 따뜻해지는 것을 느꼈다.

시선을 아래로 내리니 검은빛이 옆구리쯤에서 퍼져 나갔다. 그리고 강한 충격이 몸을 밀어냈다.

퍼어어엉!

질긴 가죽이 터지는 소리가 났다. 내 몸은 한참을 밀려나더니 바닥에 나동그라져 5피르나 굴렀다. 켈록거리며 일어났을 때, 검은 장화를 신은 발이 턱을 때렸다.

퍼어억!

육중한 타격에 고개가 들려졌다.

엄청난 발차기라 몸이 공중으로 떠버렸다.

검은빛이 호선을 그리며 내 목을 향해 날아왔다. 마나를 팔에 집중시키고 팔을 들어 상대방의 손날을 막았다. 거의 본능적인 격투였다.

한 치의 감각적 오차가 있었다면, 나의 목은 이미 바닥으로 떨어졌을지도 모르는 일이었다.

우선은 거리를 두기 위해 상대를 밀어내는 마법.

"지형 폭발[Ground Boom]!"

쿠우웅!

바닥이 일그러지면서 공간마저 균열이 생겨나는 듯한 착각이 일었다. 마법체계의 한계를 뛰어넘고서부터 마법을 쓰는 게 훨씬 편해졌다.

그것은 나에게 무한한 기쁨을 주고 있었다.

바로 지금 이 순간 난 마치 신이 된 것 같았다.

만물을 파괴할 수 있는 파괴자가 된 것 같은 감각에 사로잡혔다.

자이크론 506번.

47번째의 회전된 마나의 공격 루트가 거짓말처럼 너무도 간단하게 머릿속에서 계산되어졌다. 예전처럼 뇌가 터져 버릴 것 같은 게 아니라 너무 편하게, 마치 찾고 싶은 책의 한 부분을 펼치는 것처럼 선명했다.

손바닥을 크게 벌리고 마력을 집중해 폭발시킨다.

하늘에서 유성처럼 커다랗고 빛바랜 무리들이 떨어져 내렸다. 그것은 내 눈앞의 상대에게 직격으로 쏟아져 내렸다. 완벽한 좌표 계산이었다.

그런데 순간 그의 모습이 흐릿해졌다.

잔상을 남기며 서서히 움직이더니 이내 바닥으로 쑥 들어가 버리고 말았다.

마법과 대지의 충돌.

그것은 엄청난 여파를 만들었다.

콰과과과!!

폭풍이 해일처럼 밀려들었다.

눈을 뜰 수 없을 정도로 큰 모래 폭풍이 불었고, 마법이 대지에 닿는 순간 충격의 여파가 내 몸을 밀어냈다.

간신히 보호 마법을 걸어 피해를 줄일 수 있었다.

하지만 적은 피해가 전무한 듯했다.

땅으로 숨어버리다니. 마치 키르젠프 같은 수법이 아닌가. 그림자!

쉬이익!

7개의 검은 칼날이 마치 늘어난 손톱처럼 목젖을 향해 일직선으로 날아왔다.

파아악!

어깨와 다리, 그리고 팔을 3개가 정확히 찔렀고, 목을 스치고 지나간 하나의 검은 칼날!

그 고통에 몸이 묶였을 때, 어느 순간 옆으로 이동해 온 누군가가 내 목에 정확히 발을 꽂아 넣었다.

퍼어억!

몸이 휘청거리며 아래로 처지는 순간에 다리에 힘을 주려 했지만 검은 칼날에 당한 후라 나는 힘없이 바닥으로 쓰러질 수밖에 없었다.

털썩.

"쿨럭!"

입에서 시뻘건 피가 한 움큼 쏟아졌다.

검은 칼날이 '획' 하고 순식간에 사라지자 쓰린 통증이 파도처럼 밀려들어 왔다.

"크아악!"

힐을 쓰기도 전에 누군가가 갑작스레 내 멱살을 움켜쥐

었다.

눈을 떠 앞을 보니 검은 고양이를 연상시키는 미모의 여인.

나는 체념한 듯 눈을 감았다.

"길드 마스터라니……."

2

아무리 전쟁을 할 당시 큰 힘을 썼다고는 하나 이렇게 속수무책으로 당할 줄은 예상도 못한 일이었다. 길드 마스터가 진정으로 힘을 발휘하면 어느 정도의 파괴력을 낼 수 있을까.

"길드 마스터께서 직접 행차하실 줄이야……."

나는 주위를 둘러보며 기침을 했다.

"쿨럭쿨럭!"

기관지가 많이 안 좋아졌다.

기침을 할 때마다 피가 나오곤 했다.

공기가 지독하다.

습기도 가득하고, 먼지 구덩이다. 먼지 때문에 눈앞이 잘 보이지 않아 손을 이리저리 뻗으며 출구를 찾으려 했다. 그때, '덜컹' 거리는 소리와 함께 철문이 열리는 소리가 났다.

"으윽."

빛이 쏟아져 눈을 뜰 수가 없었다.

실명이 될 것처럼 눈이 아려왔다.

손등으로 눈을 비빌 때, 발소리가 들렸다. 누군가가 가까이 걸어오고 있었다. 간신히 구별할 수 있을 정도가 되었는데, 검은색 하이힐이었다.

"여, 여자?"

고개를 들자 턱을 치켜들고 있는 누군가가 보였다.

얼굴이 작고 갸름한 게 틀림없는 여자다.

내가 비틀거리면서 일어섰을 때, 그녀의 뒤에서 몇 명의 사내가 걸어와 내 몸을 무언가로 묶어 나갔다.

나는 반항할 수 없었다.

무슨 이유에선지 온몸의 힘이 쭉 빠져 있었다.

눈을 제대로 뜨지도 못한 상태에서 나는 바깥으로 끌려 나가기 시작했다.

"살살 좀 합시다."

놈들은 내 부탁을 가볍게 무시하며 여전히 거칠게 나를 끌고갔다. 넘어지면 솥뚜껑 같은 손으로 목덜미를 잡아 일으켜 세우곤 했다. 왠지 몸이 무력화된 것 같아 감각이 이상했다. 불쾌했고 찝찝했으며, 짜증이 치솟았다.

한참을 끌려가다가 어떤 문 앞에서 우뚝 멈추었다.

어렴풋이 시야에 보이기론 굉장히 크고 정열적인 붉은색의 문이었다.

구우우웅―

문이 열리는 소리는 실로 웅장했다.

여유롭고 우아한 걸음으로 걸어가는 뒷모습이 보였다.

이 정도 스케일이라면, 내 짐작이 틀리지 않았다면 길드 마스터의 뒷모습이리라. 그리 생각했다.

그리고 그 예상은 틀리지 않았다.

"오랜만이에요."

나는 목이 쉬어 끌끌거리며 기분 나쁜 소리로 웃었다.

"인사가 꽤 늦었군요."

"그런가요?"

그녀가 나를 돌아봤다.

환한 미소를 짓고 있었는데, 왠지 모르게 소름이 끼쳤다.

분명 여자에 환장한 남자들은 몸에 발작이 올 정도로 아름다운 여자인데 말이다. 아이러니했다.

"여기는 길드탑입니다."

"왜 아니겠어."

"눈치 채셨어요?"

"보기와 다르게 내가 기억력이 좀 좋아서 말입니다."

"절 기억한다구요?"

그녀의 뺨이 홍조로 물들었다.

그 순간 내 미간에 주름이 팍! 졌다.

"나를 놀리는 건가?"

"그럴 리가요!"

그녀는 강하게 거부했다.

언제부턴지 내 뒤에는 나를 이곳까지 끌고 왔던 무식하게 덩치 큰 녀석들은 없었다. 누가 길드 아니랄까 봐 소리없이 사라지는 재주하고는. 쯧!

나는 입에 고인 침을 뱉었다.

"퉤!"

번쩍번쩍 햇빛에 반사되어 아름답게 빛나는 은빛 대리석에 붉은 피가 뒤섞인 침이 떨어졌다.

그녀는 미간을 찡그렸다.

나는 꽤 독한 눈빛으로 그녀를 노려봤다.

"나의 군사는 어찌 되었는가?"

그녀는 뱀처럼 능글맞고 무섭게 웃었다.

"어떻게 되었을 것 같아요?"

"바른 대로 말해!"

소리를 바락 지르자 목이 아파왔다.

켁켁거리자 피가 흘러내린다.

욕이 나올 만큼 몸이 형편없이 망가져 버린 상태였다. 지금 이 순간만큼은 내 자신이 죽도로 미웠다. 지금까지 쌓아온 탑이 한순간에 무너진 것처럼 느껴졌다.

지금까지의 수련도, 공부도 모두 부질없는 것은 아니었는가……

항상 나를 분노케 하는 것은 타인 때문이 아니다.

바로 나 자신.

나 자신의 약함에 대한 분노!

2천 체계를 넘었으나 아직 세상엔 강한 이들이 개미 떼처럼 많이 남아 있었다.

"그들은 모두 무사해요. 당신만 데리고 나왔죠."

하긴 델 키오르와 록 켄드가 있는데 더 이상 시간을 끄는 것은 힘들었겠지. 하지만 그들의 추적을 피할 정도로 그들의 그림자술은 가히 최강인 듯했다.

길드탑의 존재들은 모두 그림자를 이동 수단으로 한다.

물론 상위 랭커들만 그렇겠지만.

"나를 데려온 목적은?"

그녀는 내 물음에 대답 대신 야릇한 눈으로 내 얼굴을 보았다.

마치 조각상을 감상하는 것처럼.

나에게로 하여금 수치심을 느끼게 만드는 눈빛이었다.

"나를 데려온 목적은 뭐야?"

그녀가 한쪽 눈썹을 찡긋거렸다.

"굳이 알 필요가 있나요?"

빠득!

이를 가는 나를 보며 그녀는 얄밉게 웃었다.

"화내지 말아요. 딱 3일만 이 방에서 지내세요. 그 후로는 나가셔도 좋아요. 바이슨으로 돌아가셔도 됩니다."

"무슨 꿍꿍이냐?!"

그녀가 의미를 알 수 없는 표정을 지었다.

그 눈빛에 몸에 오한이 돋으며 불안해졌다.

심장 뛰는 속도가 빨라졌다.

무슨 생각인지를 알 수가 없다.

3일이라니?

무엇을 유추해 보려고 해도 아무런 의미를 찾을 수 없었다. 나를 3일 동안 가둬두는 것으로 무슨 결과를 원하는 것일까? 내가 고심이 생각하는 것을 본 그녀는 딱 한 마디를 한 후에 나가 버렸다.

"물론 무모한 행동을 할 정도로 멍청한 사람은 아니라고 알고 있지만 혹시나 해서 말씀드려요. 이 방을 나가는 순간 당신은 죽습니다."

나는 대답하지 않았다.

내 시선을 즐기듯 그녀는 콧노래까지 흥얼거리며 방을 나 갔다.

이 방 밖으로 마나의 기류가 느껴졌다.

문을 열고 나가는 순간, 생각하기도 싫은 몇몇 최악의 상황 들이 떠올랐다.

굳이 쓸데없는, 아니, 가망없는 소모전을 할 필요는 없었 다.

"3일이라……."

무슨 일을 벌일진 모르겠지만 기다려 주지.

3

하루가 흘렀고, 방 안으로 들어온 사람이라고 해봐야 조촐한 식사를 가져다주는 것 말고는 없었다.

창밖을 보았다.

눈이 내리는 게 보였다.

이젠 완연한 겨울이었다.

차가워 보이는 바깥 풍경을 보고 있는데 졸음이 몰려왔다. 눈꺼풀이 한없이 무거워서 눈을 감자 몸에서 저절로 힘이 빠졌다. 마치 환각 상태에 빠진 것처럼 묘한 기분을 느꼈고, 나는 곧 정신을 잃었다.

*　　　*　　　*

잠에서 깼을 때는 밤이었다.

눈을 비비고 일어나자 길드 마스터가 의자에 앉은 채 나를 바라보고 있었다.

측은한 눈동자로 나를 응시하고 있는 눈은 왠지 모를 외로움을 느끼게 만들었다.

"이번엔 또 뭐야?"

"3일이 흘렀어요. 그동안 정신을 잃은 모양이에요."

"3일이 흘렀다고?"

나는 지끈거리는 머리를 잡고 주위를 둘러봤다.

뭐, 본다고 알 수 있는 것은 아니었지만 믿기지가 않았다. 3일이나 자다니.

"음식에 약을 탄 건가?"

"그럴 리가요."

"그럼 뭐야?!"

"저도 모르죠."

그녀는 어깨를 으쓱거렸다. 그리곤 싱긋 웃더니 내게 쪽지를 하나 건넸다. 쪽지를 펼쳐 보니 단순한 지도였다. 길드탑에서부터 마을까지 가는 경로와 마을 속, 술집 이름 하나가 붉은색으로 표시되어 있었다.

그녀는 명확하게 말했다

"그곳으로 반드시 가세요."

나는 고개를 들어 그녀를 보았다.

저 뱀처럼 능글맞은 웃음이 항상 나를 분노하게 만든다.

"바이슨으로 거쳐 가는 길이니 어렵지 않을 거예요."

"이 술집의 의미를 가르쳐 주지 않는다면 갈 이유가 없어."

"당신을 아는 사람이… 기다리고 있을 거예요."

"날 안다고?"

그녀는 고개를 끄덕였다.

머릿속이 복잡해졌다.

"그곳으로 가지 않는다면 당신은 후회할 겁니다."

그녀는 웃음을 지웠다.

나를 쳐다본다.

한없이 깊은 눈동자로……

"부딪쳐 보는 수밖에 없겠군."

나를 죽이기 위해 기다리는 사람이라도 상관없었다.

그녀가 하는 지금의 말이 거짓이라도 상관없었다.

단지 '가야 한다' 라고 몸이 소리치는 것을 들었을 뿐이다.

"그럼 여기서 인사를 해야겠군. 이게 마지막 만남이었으면 좋겠어."

"모르죠, 상황이 어떻게 될지에 따라."

"당신은 나를 잡기 위해 그동안 많은 사람을 보냈고, 많은 사람을 잃었다. 그런데도 나를 내보내는 이유를 알고 싶은데……"

그녀는 또다시 기분 나쁜 시선으로 나를 바라보았다.

"한 가지를 알게 되었어요, 당신에게 밝힐 수 없는."

"밝힐 수 없는 것이라… 답답하네."

"답답해도 어쩔 수 없어요. 이게 제 최선입니다. 어서 가세요."

나는 고개를 끄덕였다.

"그럼."

문밖으로 나오자 더 이상 마나의 기류는 느껴지지 않았다.

길이 좀 어려워서 꽤 헤맨 후에야 나는 길드탑에서 나올 수 있었다.

이곳은 지도상에 그려진 것처럼 길드탑 본부가 아니었다. 외곽 쪽의 꽤 작은 건물이었다. 하지만 뿜어내는 존재감의 위력만큼은 압도적이었다. 그러면서도 일반인들은 느낄 수 없는 은신의 기술까지도 완벽했다.

길드 마스터가 직접 움직인 까닭을 알 순 없었지만 그런 것에 신경을 쓰고 싶지는 않았다.

나는 지도를 보며 걷는 속도를 올리기 시작했다.

Chapter 40
작은 여행

1

난 3일 만에 꽤 높은 산을 넘어 예술의 나라 프론테르 도시에 도착했다.

지도에 새겨진 위치를 가로질러 가기엔 이 도시를 지나야만 했다. 예술로 유명한 이 프론테르 도시는 그 이름에 걸맞게 입구를 통과하자마자 내 입을 벌려놓게 만들었다.

투명해 보이는 화려한 건물하며, 아름다운 강, 그리고 몸이 다 부드러워질 것 같은 거리.

마치 빵 위를 걷는 것처럼 아름다운 도시였다.

이런 곳이라면 정말 삶이 아름다울 것 같은 느낌이 들지 않을까 하는 생각마저도 들었다.

"1개에 5센트예요."

주위 건물을 구경하느라 혼이 빠져 있는 내게 웬 꼬질꼬질한 꼬마가 다가왔다. 이런 아름다운 도시라 할지라도 빈익빈 부익부는 당연히 존재했다.

"맛있어 보이는구나."

소년은 바구니에 빵을 3개 담아놓고 있었다. 재료가 싸구려였지만 소년의 말똥말똥한 맑은 눈을 보자 그 빵을 사주고 싶다는 생각이 들었다.

내가 품에서 동전을 꺼내 그 빵을 사주자 아이는 기절할 뻔했다. 이유는 간단했다. 내게 동전이라고는 100센트짜리밖에 없었으니까.

"정말 감사합니다, 정말 감사합니다. 이 빵 다 드릴게요. 이 돈을 다 주신다니……. 아, 프론테르 신이시여."

그는 붉게 물든 얼굴로 내게 몇 번이나 인사하고는 어디론가로 뛰어갔다. 나는 바구니를 들고 잠깐 당황스런 웃음을 짓다가 주위를 둘러보았다.

역시나 멍하니 나를 보고 있는 꼬마들이 있었다.

다행히 숫자가 적었다. 아이들이 많다면 내가 나누어 준 이 빵을 서로 차지하기 위해 아마 피를 볼지도 몰랐다.

나는 남은 빵을 아이들에게 나누어 주었다.

"여기서 꽤 괜찮은 술집 하나만 소개해 줄 수 있어?"

"예! 절 따라오세요!"

생글생글 웃으며 아이는 나를 이끌었다.

그가 나를 데려온 곳은 굉장히 호화로워 보이는 곳이었다.

"고맙구나."

아이는 내게 무언가를 바라는 눈빛이었다.

나는 쓴웃음을 지었다.

귀족가의 아이들은 모를 테지.

배고픔의 간절함을.

나는 아이에게 100센트를 쥐어주고는 그의 눈동자를 바라보며 말했다.

"세상은 쉽지 않단다. 이 돈을 쥐어주고 나면 건달들이 네 돈을 뺏기 위해 달려들지도 모르지. 자신이 일해서 번 돈이 아니라면 그에 따르는 책임이 분명히 따르는 법이란다."

아이는 놀라 주위를 휙휙 살펴 보았다.

"저, 저는 안 받을래요."

겁을 먹은 모양이다.

나는 히죽 웃었다.

"남자가 그리 용기가 없어서 쓰겠느냐. 미인도, 돈도 힘이 있는 자가 얻는 것이다. 힘을 키우거라."

아이는 침을 꿀꺽 삼키며 돈을 한동안 바라보더니 나의 눈을 똑바로 바라보았다.

"이 돈, 언젠간 갚아드릴게요. 꼭 성공해서!"

"멋지구나. 바로 그거야."

"이름이 뭐죠?"

"나?"

아이가 고개를 끄덕였다.

"체계의 마도사, 로크란다."

"체… 계의 마도사?"

나는 아이의 머리를 한 번 더 쓰다듬어 주었다.

"네가 힘을 가지게 되었을 때 나를 찾거라."

"어떻게 찾죠?"

"힘을 가지게 되면 자연히 찾을 수 있을 거야."

입을 꼭 다물고 나를 바라보던 아이가 고개를 끄덕였다.

"그럼 그만 가보거라."

"감사합니다, 로크님!"

꾸벅 인사를 한 아이는 뒤도 돌아보지도 않고 뛰어갔다.

힘을 추구하는 희망과 목표는 아이를 선하게도 악하게도 만들 수 있다. 생각의 차이는 인생을 통째로 뒤집을 정도로 큰 부분을 차지하니까.

나로 인해 한 아이의 인생이, 그리고 목표가 변했을지도 모르겠군. 어쩌면 브로크웨이보다 인간과 멀어진 존재가 되었을지도 모르는 내가 이런 말을, 행동을 해도 되는 것일까?

화전민 마을의 기억이 살아나자 심장에 창이 꽂히는 느낌이었다. 등골이 서늘하고 머리가 찌릿찌릿했다. 아이들의 눈빛이 모조리 기억이 난다.

눈을 보는 그 순간은 잊혀지지 않는다.

특히 죽기 직전의 눈빛은 더더욱.

내가 쓰린 표정을 짓고 있을 때 한 건장한 사내가 다가왔다. 이 호화로운 음식점의 경비였다.

"여기서 이렇게 서 계시면 장사에 방해가 됩니다. 물러나 주시죠."

나는 막 전쟁이 끝난 후라 갑옷을 벗지도 못했다. 길드탑에서 입고 나온 갑옷을 감추는 아주 오래된 로브를 걸치고 있었는데, 그런 내 모습을 보고 그는 내가 그저 돈이 없는 가난뱅이 정도로 본 듯했다.

"음식을 좀 먹으려 하는데……."

"이런 복장으로는 입장이 불가능합니다."

경비의 표정은 확고했다.

"흠, 그렇군요."

배가 너무 고파서 쓰러질 지경이었다. 내가 곤혹스런 표정으로 서 있을 때 식당 입구로 향하던 누군가가 내게 손을 흔들었다.

눈을 떠서 자세히 바라보자 얼굴이 확인되었다.

"센트럴 왕국의 제4공주, 세이렌 폰 라이언스."

그래. 확실히 센트럴과 프론테르 도시는 동맹국이었다. 하지만 이런 곳에서 그녀를 만나리라고는 상상도 못했다. 내 중얼거림을 들은 것일까? 경비병은 하얗게 탈색된 얼굴로 **빳빳**이 굳어버렸다. 마치 모든 신경조직이 마비를 일으킨 것 같은 모습이었다. 그녀가 다가와 내게 손을 내밀었다. 여전히 그녀는 아름다웠다.

하얀 얼굴.

상아의 조각처럼 아름다움을 초월한 듯한 투명한 아름다움. 그리고 여자라고 하기엔 가혹할 정도로 잘 어울리는 그녀의 하얀 갑옷조차도 눈을 황홀하게 만든다.

붉고 작은 입술이 움직일 때, 경비병이 바위 같은 굵은 침을 삼키는 소리가 났다.

"오랜만이에요."

"네, 오랜만입니다."

간단히 인사를 나눈 그녀는 나와 경비병을 번갈아 보았다.

나는 씁쓸하게 웃었다.

"복장이 이러해서 못 들어가던 참입니다. 근처 옷가게라도 들러야겠군요."

경비병이 나를 향해 고개를 확 숙였다.

"시, 실례했습니다! 들어가 주십시오. 부디 부탁드립니다!"

"하지만 복장이……."

"괜찮습니다. 옷을 준비해 드리겠습니다!"

나는 진심으로 웃었다.

사실 옷가게를 찾으러 다닐 힘도 없었다.

배고픔은 불가항력이었다.

"그럼 들어가요."

그녀의 맑은 목소리가 귀를 통과했다.

나는 그녀의 에스코트를 받으며 식당 안으로 들어갔다.

가장 먼저 보이는 것은 높이를 측정조차 할 수 없을 정도로 높은 곳에 달려 있는 거대한 샹들리에였다. 어릴 적 이클레이드의 집에서 보았던 샹들리에가 문득 기억이 났다.

바이슨으로 돌아가면 이클레이드는 무슨 수작을 하려고 준비할까. 내가 2천 체계를 넘어섰다는 것을 알게 되면 그도 나름대로 머리가 복잡해지겠지. 할 수 없을 거라고 생각했을 테니까. 아니지, 그 능글맞은 능구렁이는 어쩌면 내가 2천 체계에 도달할 것이라고 믿었는지도 모른다.

나를 자극했던 말들.

이클레이드는 도대체 무슨 생각인 것일까.

"로크님?"

자리에 앉아 난 한동안 계속 생각을 했던 모양이다. 정신을 차린 나는 서둘러 메뉴판을 찾았다. 그런 내 모습을 보고 얼음공주 세이렌이 웃었다.

나도 그녀의 웃음을 보고 머쓱한 듯 웃었다.

"혼자 오셨습니까?"

내 물음에 그녀는 고개를 끄덕였다.

"평소에도 혼자 식당에 오시는 편인가요?"

"네. 아무래도 불편하더군요. 아, 그런데 로크님은 괜찮아요."

그녀의 말에 나는 고개를 갸웃거렸다.

그러자 그녀가 살짝 당황했다.

"아, 그냥. 왠지 모르게 그래요. 괜찮아요."

뭔가 말이 앞뒤가 안 맞았다. 이런 그녀의 모습은 처음이라 뭔가 새롭다고 해야 하나, 놀랐다고 해야 하나. 신기했다. 그녀도, 나 자신도

"그럼 다행이네요."

난 음식을 시킨 후, 몸을 의자 뒤로 조금 기대었다. 꽤 피곤했다. 신경중은 소리없이 다가와 뒤통수를 치듯이 갑자기 엄습한다. 스트레스가 꽤 많았던 요즘이다. 갑작스럽게 피곤함이 몰려왔다.

뻐근거리는 목을 만지다가 주위를 둘러보았는데 엄청난 눈들이 우리를 주목하고 있었다.

"시선이 좀 따갑군요."

"음, 그런가요?"

특출난 외모 때문인지 그녀는 이런 시선이 익숙한 듯했다. 어쨌든 나도 시선이 그나마 조금 덤덤해졌을 때, 드디어 음식이 나왔다. 포크와 나이프를 들고 음식을 먹으려던 차에 갑작

스레 방해꾼이 나타났다.

"합석해도 되겠습니까?"

2명이었다.

한 명은 뒤룩뒤룩 살이 찐 돼지였고, 말을 먼저 걸어온 사내는 제비처럼 올빽으로 넘긴 머리에 얼굴에는 기름기가 가득한 사내였다. 개념없는 귀족의 정석임을 보여주기 위해 작정한 모습 같았다.

멀뚱히 바라보는 세이렌 공주의 차가운 눈빛에 잠깐 당황한 마른 사내가 자신의 신분을 밝혔다.

"아, 저는 여기 마이테론의 사이론스 백작가의 장남, 키린스라고 합니다. 합석할 수 있을까요?"

세이렌은 대답하지 않고 음식을 먹기 시작했다.

살짝 당황해서 초점이 흔들린 키린스는 헛기침을 한 번 한 후, 의자에 털썩 앉았다. 그리곤 뒤에 힘겹게 서 있던 사내를 부른다.

"어이, 조론. 뭐 해? 어서 앉아."

"흠, 그러지."

두 사내는 의자에 앉은 후 음식을 시켰고, 한동안 세이렌의 얼굴을 홀린 듯이 바라보았다. 전 대륙적으로 유명한 무려 얼음공주이니 오죽할까. 그들의 눈빛은 구애를 넘어선 탐욕이었다.

"여기를 지나다가 공주님이 계신 것을 보고 꽃을 하나 가져왔는데……."

그가 붉은 장미가 가득 담긴 꽃을 건넸지만 내가 다 무안할 정도로 세이렌 공주는 차갑게 외면했다.

"필요없습니다."

아랫입술을 질끈 깨문 그가 꽃을 내려놓은 후 나를 차갑게 노려봤다. 괜한 신경질을 나에게 내리는 모양이다.

"그대는 누구십니까?"

"로크라고 합니다."

"성은?"

"없습니다만……."

"하!"

기가 찬 듯 그는 소리쳤다.

"지배인! 지배인, 어딨어!"

키린스가 상스럽게 외치자 지배인이 어디선가 달려왔다.

"무슨 일이십니까?"

키린스가 일어나서 검집이 씌워져 있는 검으로 내 어깨를 푹푹 찔렀다.

"이런 더러운 냄새를 풍기는 평민을 이 식당에 들여? 장사 그만 하고 싶나?!"

"그, 그게."

지배인은 키린스의 귀에 대고 귓속말을 전했다.

"그래?"

그는 나와 세이렌 공주를 번갈아 보았다.

"당신, 세이렌 공주님과는 무슨 관계지? 주종 관계?"

나는 한숨을 내쉬었다.

"당신과 별로 대화를 하고 싶지 않군요. 저에게 관심을 끊어주시겠습니까?"

"뭐, 뭐야?!"

그는 미친 사람처럼 웃더니 광기에 번들거리는 눈빛으로 나를 노려봤다. 저 눈빛만 봐도 지금껏 얼마나 많은 사람을 괴롭혀 왔을지 보였다.

"이 자식이 감히 뭐라?! 하하!"

무슨 이유였을까.

얻어맞고 싶었다.

다시 사람에게 폭력을 가한다는 게 두려움으로 다가왔다.

화전민 마을에서 내가 저지른 인륜을 저버린, 그 악마적 행동을 나는 아마 평생 지울 수 없을 것이다. 그 기억을 지우고 싶어서일까. 잘 알 수가 없었다. 쓰레기 같은 저 키린스의 검집을 피하기가 싫었다.

퍼어억!

그의 검이 내 머리를 후려쳤다. 그는 연이어 바닥에 쓰러진 내 얼굴을 걷어찼다. 피를 뱉어내는 나를 보며 경멸의 눈동자로 바라보던 그가 세이렌을 돌아보았다.

"이 자식이 감히 제게 무례를 범하는 것을 보았지요? 감히 귀족에게 말입니다!"

세이렌은 대답없이 나를 보고 있었다.

믿을 수 없다는 듯이.

충분히 피할 수 있을 거라고, 막을 수 있을 거라고 생각했던 모양이다.

나는 그녀의 눈빛을 피하고 키린스의 눈을 노려봤다. 나는 그를 자극시키고 흥분시켰다.

"그 눈빛은 뭐야? 하하, 이 미친놈이 정말 죽고 싶은 게로구나."

그가 검으로 나를 사정없이 내려치기 시작했다.

어릴 적 물건을 훔치다 걸려 얻어맞던 기억이 났다. 그때는 하염없이 울었었지. 서럽고 더러운 세상, 그리고 그 아픈 고통 때문에.

하지만 지금은 아프다기보다는 가슴이 저려왔다. 외적인 고통이 마음의 고통을 이길 수 없는 듯. 아니, 어쩌면 그 빌어먹을 빵을 처먹은 이후로 맷집이 좋아져서 그럴지도 모르지.

"그만, 그만두세요!"

세이렌의 외침에 그제서야 키린스의 움직임이 멈추었다. 피로 물든 자신의 검집을 보며 인상을 확 찡그린 그는 검을 바닥에 내팽개친 뒤에 의자에 앉아서 나를 노려봤다.

"저놈을 당장 바깥으로 끌어내!"

그는 자신의 몸에 튄 피를 손으로 닦아내며 연신 얼굴을 찡그렸다. 그 모습을 멍하니 바라보던 나에게 몇몇 사내가 다가 왔다. 그때까지 그녀는 여전히 이해할 수 없다는 눈빛이었다.

"일어나."

사내들의 외침이 들리지 않았다.

그저 과거의 기억들이 나의 정신을 묶어놓은 것만 같았다. 복잡하고 괴롭고, 힘들었다. 완전히 메말랐다고 생각했던 눈이 촉촉해지는 것 같았다.

카랑카랑한 키린스의 고함에 사내들이 내 로브 자락을 잡아 일으켰다.

뿌지직!

오래된 로브는 그 힘없는 재질 덕분에 사정없이 찢어졌다. 그리고 힘과 권위, 카리스마를 상징하는 바이슨의 붉은 갑옷이 그 모습을 드러냈다.

로브가 찢겨지며 순간 펄럭인 망토는 로브를 걸쳤을 때와는 180도 다른 느낌을 주었다. 그것을 본 식당 안의 모든 사람들은 경악했다.

게다가 가슴에 새겨진 바이슨이라는 글자는 키린스를 혼란스럽게 만들었다. 이런 갑옷은 절대 평민이 입을 수 있는 성질이 아니니까.

"뭐, 뭐야, 이거?"

키린스의 중얼거림에 세이렌이 나를 대변해서 답변했다.

"바이슨 왕국의 궁정마법사이십니다."

"펴, 평민이라 하지 않았습니까?!"

"물론 평민이십니다. 마법사는 신분을 필요로 하지 않는 가장 특별한 존재. 키린스, 그대는 예를 갖춰야 하셨습니다."

키린스가 탁자를 쾅! 내려쳤다.

"그것을 왜 미리 말하지 않은 것입니까! 이건 제 실수가 아닙니다!"

나는 뚜벅뚜벅 걸어가 의자에 앉았다.

"되었으니 그만 돌아가도록 하십시오."

내 말에 그는 몸을 부들부들 떨었다.

"나는 믿을 수 없어. 어째서?"

키린스는 아직도 정신을 못 차렸다.

"당신들, 나 데리고 장난치는 거지? 그렇지?! 엿 먹일려고 작정한 거지? 그렇지?!"

내 손에 들려 있던 나이프가 공중으로 떠오르기 시작했다. 그리고 그 끝이 키린스의 이마를 겨냥했다.

"피를 봐야 속이 시원하겠는가?"

키린스의 초점이 사정없이 흔들렸다.

"당장 여기서 꺼져. 지금 이 순간부터 자비는 없다."

"네놈이 아무리 궁정마법사라도 내게 그런 만행을 저지를 수 있을 것 같으……."

휘이익!

나이프가 쏜살 같은 속도로 날아갔다. 그리고 키린스의 뺨을 스치고 지나 뒤에 있던 나무 기둥에 틀어박혔다. 나이프는 무려 손톱 정도만을 남기고 나무에 깊숙이 박혀 버렸다. 그것을 돌아본 키린스는 식은땀을 줄줄 흘렸다. 하지만 그 자신에게 프라이드가 있었던 것인지 참지 못하고 내게 소리쳤다.

"네가 무슨 짓을 저지르는지 아느냐! 이곳은 바이슨이 아니야!"

나는 벌떡 일어서서 그에게로 걸어갔다.

당황한 키린스는 자신도 모르게 주먹을 날렸다. 긴장한 탓인지 동네 삼류 건달보다 못한 주먹 솜씨였다. 그 솜주먹을 손으로 잡은 뒤 그의 발을 걷어찼다. 체중이 가벼워서인지 하늘 위로 높이 떴을 때, 그의 허리춤에 걸려 있던 검을 뽑아 들었다.

스르릉.

키린스가 바닥에 떨어지는 동시에 검을 아래로 박아넣었다.

퍼버벅!

검은 키린스의 목 바로 옆으로 바닥에 완전히 틀어박혔다.

온몸에 경련이 오는 듯 부들부들 떠는 그의 눈동자를 노려봤다.

"한 번만 더 내 심기를 거스르면 네놈의 몸뚱어리를 지옥계로 보내 버릴 것이다. 죽지도 살지도 못하는 지옥계로!"

"흐으윽!"

그는 눈물과 콧물을 흘리며 공포에 휘감겼다. 내가 일어서서 세이렌이 있는 자리로 돌아갈 때, 그는 엉금엉금 기어나갔다.

나는 자리에 앉아 지그시 눈을 감았다.

자제라는 것은 정말이지 어려운 인격적 덕목이다.

2

세이렌은 급한 보고를 받고 그만 왕궁으로 향했다.

그녀를 짧게 배웅한 나는 멍하니 도로 가에 서 있다가 지도를 펼쳤다. 바람이 불어 지도가 펄럭거리더니 실수로 그만 지도가 바람에 날렸다.

손에 꽤 힘을 주고 있었는 데도 조금은 신기한 일이었다. 바닥에 떨어져 바람을 타고 가는 지도를 줍기 위해 뛰었다. 지도는 유유히 바람을 타더니 귀찮게도 골목 안으로 들어갔다. 지도를 찾으려 안으로 들어갔는데 난데없는 인사가 튀어나왔다.

"오랜만이군!"

나는 환하게 웃었다.

"키르젠프!"

그의 얼굴에 굉장한 주름이 생겼다. 그리 많은 시간이 흐른 것 같지는 않은데 부쩍 늙어 보인다.

"주름이 늘었군요."

"뭐야?!"

"하하하!"

나는 주위를 둘러보며 궁시렁거렸다.

"하여튼 취향도 이상하네. 괜히 이런 음습한 곳으로 데려오고 그럽니다. 그냥 도로에서 아는 척을 하던가."

"켈켈, 내가 모습을 좀처럼 드러내서는 안 되는 직업이잖느냐. 얼굴 다 팔고 무슨 도둑질을 해!"

나는 킥킥 웃다가 그의 복부에 붉은 상처가 있는 것을 발견했다.

"뭡니까, 그거?"

"아, 이거? 조금 다쳤어."

나는 답답한 얼굴로 힐을 시전했다. 치유의 빛이 흘러 그의 몸을 휘감았다. 그는 잠깐 편안 표정을 짓다가 변태처럼 웃었다.

"네놈은 참 유용한 데가 많구나."

"영감탱이 아니랄까 봐 말하는 것하고는."

치유가 끝나고 그는 자신의 그림자에 쑥 들어가더니 갑작스레 내 그림자에서 튀어나왔다. 저 그림자 기술을 볼 때마다 느끼는 거지만 무서울 정도로 징그럽다.

"그런데 어딜 가는 길이냐?"

"그 짓 좀 하지 마십시오!"

"알았어, 알았어."

"우선은 사이로프 사막을 건너야 할 것 같은데… 낙타를 구하고 싶은데 어디서 구해야 할지를 모르겠군요."

"같이 가주랴?"

"뭐 하려요?"

"허! 이놈은 호의를 배풀어도 지랄일세."

"그럼 낙타 좀 구해주세요. 아무리 수소문을 해봐도 못 찾겠더군요. 그런데 말도 안 돼. 어떻게 코앞이 사막인데, 게다가 중요 상업 도시인 이곳에서 낙타가 구하기 어려운 건지……."

"상업 도시이기 때문이네."

키르젠프가 히죽 웃었다.

"당연한 것 아니겠는가? 상인들 간의 싸움이 얼마나 치열한지 자네는 아직 잘 모르는구먼. 킬킬, 줄이 없으면 물건 하나 사고파는 것도 어려운 실정이야."

"아, 그런 이유였던가."

"쯧쯧, 무식하기는."

"저랑 마법적 지식으로 대결해 볼까요?"

"닥쳐. 어서 출발하지. 나도 그 도시에 볼일이 좀 있어서 말이야. 자네 ○○○에 가지?"

나는 지도를 펼쳐서 내가 도착하기로 표시되어 있는 도시의 이름을 확인했다. 키르젠프의 말이 맞았다.

"어떻게 알죠?"

"사막을 지나면 있는 도시라고는 그것 하나밖에 없어. 나머진 전부 불모지이거든."

"그렇군요."

"그럼……."

"그런데 말이야."

"……?"

"낙타는 필요없어. 또 사막을 지날 필요도 없어."

"왜죠?"

"텔레포트 게이트가 있거든. 따라와."

나는 어이가 없어서 그의 뒷모습을 멍하니 바라봤다. 그러자 나를 돌아보며 호통을 친다.

"얼른 와!"

나는 나지막히 말했다.

"그런 건 진작 좀 말씀하시란 말입니다."

*　　　　*　　　　*

텔레포트 게이트는 멀리 있지 않았다.

키르젠프가 워낙 어두침침한 골목을 잘 꿰뚫었는지라 그만큼 지름길도 잘 알았던 것이다. 귀찮게 마나를 사용해야 했던, 그러니까 플라잉 마법을 시전해야 했던 것 말고는 나쁠 게 없었다.

"꽤 멋지군요."

나는 상당히 큰 규모의 텔레포트 게이트의 건물 입구에서 그 화려한 모습을 감상했다. 금빛으로 물든 건물은 직사각형의 건물로 꽤 굳건한 느낌을 강하게 주었다.

"이렇게 보여도 300년이나 지난 단체지."

나는 깜짝 놀랐다.

"300년 전에도 텔레포트 게이트가 있었군요?"

그는 홀홀 웃었다.

마치 과거, 추억의 회상에 젖는 듯한 눈빛으로.

"아주 오래전에는 말이야, 꽤 많은 수의 마법사가 필요했었어. 완전한 수동식이었지. 그만큼 실패도 많고, 많은 연구도 필요했지. 그런 과정을 거쳐서 오늘의 텔레포트 게이트가 된 거야."

"실패?"

"그러니까 간단하게 말하면, 블랙홀에 빠져 버린다든지……."

내가 조금 놀란 표정을 짓자 그가 놀렸다.

"무서우냐?! 켈켈."

"위험한 것 아닙니까?"

"이 멍청아, 지금은 그럴 확률은 1.8%밖에 없어. 거의 없는 거나 마찬가지이지."

"1.8%면 있을 수도 있잖아요!"

"번개를 8번 연속으로 맞는 확률보다 적으니까 걱정 마. 그렇게 소심해서야."

"타본 적이 있어야지."

"잔말 말고 따라와."

키르젠프가 뚜벅뚜벅 걸어가 건물 입구의 사내와 이야기를 끝냈다. 나는 곧장 그를 뒤따라 입구 안으로 발을 들였는데, 생각보다 무서울 정도로 사치스럽고 화려한 건물 내부 구조라 조금 꺼림칙했다.

텔레포트 게이트라는 구성 자체는 이동 수단인데, 이것은 마치 왕실의 성처럼 만들어놓지 않았는가.

내 눈빛에서 나오는 생각을 읽은 것인지 키르젠프가 씁쓸하게 웃었다.

"텔레포트를 누가 이용할 것 같나?"

"역시나 귀족이겠죠?"

"그래, 허영심에 가득 찬 그 동물들은 좀 더 멋지고 사치스러운 곳에서 우아하게 텔레포트 게이트를 사용하고 싶어 하지."

"이해할 수 없군요."

"마차의 화려함을 과시하듯 그와 비슷한 심리인 걸세."

귀족들의 탐욕은 언제나 불필요하게 넘치고 있다. 그에 비해 궁핍한 사람들은 고통에 허덕이는 이 지독한 세상의 악순환은 언제까지 되풀이되어야 하는 걸까.

"안녕하세요? 게이트 레이디, 세르마코입니다."

인형처럼 생긴 여자가 입을 열었다.

나는 깜짝 놀랐다.

한 치의 미동도 없이 서 있다가 끼리릭 고개를 돌려 말을 걸어왔으니 확실히 놀랄 만도 했다.

자신이 게이트 레이디라고 소개한 이 여자는 눈빛에 감정이 없었다. 눈은 마음의 창이다. 그런데 마음이 없는 눈빛을 가지다니.

"안드로이드."

내 궁금증을 키르젠프가 이번에도 빠지지 않고 설명해 줌으로써 해결했다. 그의 말로는 현재 가장 큰 기술력으로 만들어진 것이 바로 이 인간형 로봇 안드로이드라고 한다.

정확한 계산은 물론이며, 상당한 수준의 인공 지능이 탑재되어 있고, 인간보다 훨씬 더 높은 능률을 발휘한다고 들었다. 이런 식의 연구가 계속된다면 어쩌면 신의 영역, 즉 인간을 창조해 내려는 말도 안 되는 상상을 가진 연구자가 나올지도 모를 것 같았다.

안드로이드라는 존재 자체가 나를 섬뜩하게 만들었다.

내가 신기한 듯 계속 쳐다보자 그녀의 시선이 나에게로 향했다. 그녀의 푸른 눈동자가 나를 비췄다. 그리고 흘러나온 그녀의 목소리, 그것은 밝고 명랑했지만 무게가 없었다.

"게이트를 이용하시겠습니까?"

"네."

그녀 때문일까? 나 역시 기계적으로 대답했다. 이유는 알 수 없었다. 그저 많은 것을 생각함으로써 일시적으로 그녀와의 일치감을 느낀 것일지도 모르겠다.

아니, 기계가 되고 싶다고 생각했는지도 모르겠다.

내 삶은 너무 잔혹하다고 스스로 주문처럼 외워왔으니까.

하지만 지금부터는 아니다.

나보다 훨씬 절망에 가까운 삶을 사는 사람은 얼마든지 있다. 아마 수를 헤아릴 수 없을 정도로.

신은 공평하지 않을진 몰라도 똑같은 삶의 기회를 주었다.

그것으로 된 것이다.

운명은 개척해 나가는 것이니까.

키르젠프와 나는 별다른 말 없이 텔레포트 게이트 안으로 진입했다. 기계는 생각했던 것보다 크지 않았다. 가로세로 약 8피르 정도의 건물이 하나 있었는데, 바닥에는 마법진이 그려져 있고, 마법진을 중심으로 만들어진 하얀 건물에는 룬어가 적혀 있었다. 수많은 연구를 거쳐 만들어진 완성된 텔레포트 게이트.

약 5분 정도의 안드로이드, 아니, 게이트 레이디의 주문 후에 우리는 하얀 공간 속으로 사라졌다.

3

타이탄.

이것이 지도에 새겨진 도시의 이름이었다.

다른 도시들과 별로 다른 점은 없는 평범한 곳이었다. 도시의 풍경과 특색도 크게 다르지 않은, 너무 평범해서 그게 특징이라고 할 수 있을 정도였다.

나는 키르젠프를 돌아보며 물었다.

"혹시 이 도시의 지리를 아십니까?"

"당연하지. 이 위대한 도둑이 어딜 못 다녀봤을까?!"

나는 고개를 끄덕이며 지도를 보여주었다. 키르젠프는 거의 스치듯 보고는 '따라와'라고 말하며 앞장서서 걸어가기 시작했다.

조금 못 미더웠지만 지리를 잘 모르는 나로서는 어쩔 수 없는 일이었다.

"그런데 로크 군."

"……?"

"뭔가가 느껴지지 않아?"

"뭔가… 라니요?"

"나는 마법사가 아니라서 잘 모르겠지만 말이야. 뭔가 거대한 마나 덩어리가 존재하고 있는 듯한 느낌이 들어서 말이네."

그 말을 듣고 나자 그제서야 왠지 그런 느낌이 아스라이 느껴졌다. 마법사인 나보다도 이걸 빨리 알아차리다니. 확실히 키르젠프는 대단하다.

도둑이라서 그런지 예민함이 소름이 끼칠 정도였다. 하지만 아무리 그렇더라도 어떻게 이렇게 세밀하게 마나를 잘 느낄 수 있을까? 정말 미스테리였다.

"지도 줘봐."

낚아채듯 가져간 그가 지도를 보며 코를 훌쩍였다. 겨울이라 그런지 공기가 차가웠다. 얼굴이 조금 얼은 것 같아 마나로 체온을 높였다. 그때 키르젠프가 어딘가를 가리켰다. 그의 손이 가리키는 곳으로 따라가 보니 큰 시계탑이 하나 있었다.

"바로 저기 아래에 있는 술집이군."

"그렇게 멀지 않은 곳이군요."

"그렇지."

"같이 가실 건가요?"

"나야 시간이 많으니 같이 가는 것도 나쁘지 않겠지. 아니, 잠깐. 혹시 미녀를 만나는 겐가?"

"하하, 모르죠."

"몰라? 무슨 의미냐?"

"길드 마스터가 이리로 가서 누군가를 만나라고 했는데, 그게 누군지를 몰라요."

"왜 만나?"

"나를 알고 있는 누군가라고 하더군요. 저도 궁금한 건 못 참는지라."

"자네는 위험을 자초하는 성격이야."

"이렇게 생겨먹은 걸 어떻게 합니까. 별수없죠."

나는 넉살 좋게 웃었다.

"홍, 그럼 시계탑까지만 같이 가주마."

나는 고개를 끄덕이며 키르젠프가 가는 길을 뒤따랐다.

역시나 멀쩡한 길이 아닌 어두운 골목길이었다.

Chapter 41

재회

1

키르젠프가 확실히 지름길을 파고든 것인지 꽤 멀어 보이던 시계탑에 단숨에 도착했다. 악취가 조금 심한 곳을 지나와서 몸에 배인 냄새가 조금 거슬리긴 했지만 말이다.

내가 킁킁거리며 몸의 냄새를 맡자 키르젠프가 성질을 냈다.

"사내놈이 계집애처럼 깨끗한 척하기는!"

나는 어처구니없는 눈으로 그를 응시했다.

"아무리 그래도 이런 냄새를 좋아하는 사람은 별로 없죠."

"흥! 됐다. 난 이만 가보마. 여기까지 왔으니 주위 정황 좀 살펴봐야겠어."

"여기서는 뭘 훔칠 거죠?"

"이 미친놈아, 그걸 어떻게 말해! 도둑놈이 뭘 훔칠지 이야기하고 다녀?!"

"거참, 괄괄한 성질하고는. 몸 조심히 다녀오십시오."

"킬킬, 네놈도 다음에 만날 땐 살아 있거라."

"…살아 있으라니."

"우헤헤!"

흉측한 웃음소리와 함께 그는 자신의 그림자 속으로 쑥 들어갔다. 몇 번이나 봐도 적응이 안 되는 장면이다. 나는 숨을 한 번 쑥 들이킨 후, 골목길을 나왔다.

나오자마자 보이는 것은 시계탑.

은빛의 화려한 그것이 위엄을 뽐내며 떡하니 서 있었다.

2

지도상에 표시되어 있는 술집 안으로 들어가자 자동적으로 주위를 살펴보게 되었다. 명확하게 누구를 만나야 할지를 모르기에 약간의 긴장감과 초조함이 내 등 뒤에 감돌고 있었다. 그리고 누구일지에 대한 궁금증이 강했다.

의자에 가만히 앉아 있기를 5분여, 나는 그동안 차 한 잔을 주문했다. 그리고 차가 식기 이전에 한 남자가 나타났다.

금색 수염과 짧은 금발, 그리고 날카로운 이미지를 가진 사내였다. 꽤 호리호리한 몸에 시선의 끝이 살아 있다. 꽤 강한 이미지를 가진 남자였다.

"안녕하시오."

인사를 건네온 그의 눈을 마주 보며 나는 물었다.

"절 아십니까?"

"로크."

나는 고개를 끄덕였다.

그는 빙긋 웃더니 손을 내밀었다. 나는 잠깐 그를 경계하다가 특별히 문제시될 게 없는 것 같아 악수했다.

"내 이름은 제이크. 당신을 데리고 갈 남자지."

"어디로?"

"그를 만나게."

"그가 누구죠?"

"가보면 알게 될 겁니다."

그는 눈 한 번 깜빡이지 않고 나를 직시하고 있었다. 심리적으로 꽤 위축되는 기분이 왠지 거슬렸다.

"시간 끌 것 없겠지."

그가 고개를 끄덕였다.

"따라오시오."

*　　　*　　　*

그는 나를 멀지 않은 허름한 집으로 데려왔다. 마치 주인이 없는 듯 버려진 집이었다. 페인트가 벗겨져 군데군데 철 덩어리가 보였다.

"안으로 들어가시면 됩니다."

뭔가 위험한 냄새가 났다.

"나는 약속한 게 아니기에 일방적인 그대들의 지시를 따를 이유가 없습니다."

"그대들?"

"모두 열일곱. 쥐새끼처럼 알짱거리는 게 조금 신경 쓰이는군요."

그의 눈빛이 변했다. 그러다 갑자기 웃음을 터뜨렸다.

"하하하! 자네, 정말 대단하군. 역시 이클레이드님의 제자야."

나는 그를 잡아먹을 듯이 노려봤다. 그는 웃음을 지우지 않은 채 나를 가느다란 눈동자로 훑었다. 혀로 입술을 핥았는데, 마치 뱀의 혓바닥 같았다.

"안에 그분이 기다리고 계시네."

"설마……."

그가 히쭉 웃었다.

"어서 들어와."

위치를 알 수 없는, 무언가의 공명처럼 머릿속에서 소리가 울려 퍼졌다.

그것은 분명 이클레이드의 음성!

나는 제이크를 노려보다가 서둘러 안으로 발걸음을 옮겼다. 이클레이드라니, 불안했다. 그 어느 때보다 초조해지고 감정 제어가 힘들어졌다. 심하게 불편할 정도로 맥박이 격렬하게 뛰는 것을 느낄 수 있었다.

내가 넘어야 할 가장 큰 산.

진정해라, 로크.

철컥―

방문을 열고 들어가는 즉시 나는 급히 숨을 들이마셨다.

"심장마비라도 걸릴 것 같은 얼굴이군, 로크."

이클레이드의 미묘한 눈동자가 내 전신을 담았다. 그는 안쓰러운 얼굴로 나를 살폈다.

"괜찮으냐?"

"조금 놀란 듯합니다."

"조금 놀란 것치곤 반응이 좀 과하구나."

그는 의자에서 일어나 천천히 걸어왔다.

숨이 콱 막혀왔다.

마치 검은 연기를 들이마신 것 같았다.

"걸을 수 있겠느냐?"

"물론입니다."

"그럼 내려가서 술이나 한잔하지."

"예."

3

최대한 침착하도록 노력했고, 냉정을 되찾기 위해 마인드 컨트롤을 수십 번 시도했다. 이클레이드의 등은 거대했다. 마치 드래곤의 뒷태처럼 웅장하고 강인했으며, 거스를 수 없는 벽처럼 느껴졌다.

이런 늙은이를 내가 쓰러뜨려야 한다고 생각하자 갑자기 마나가 모두 사라진 상태에서 상공 40피트 아래를 내려다보고 있는 듯한 느낌이었다.

그 정도로 아찔했다.

너무나도 현실적인 문제를 온몸으로, 피부로 생생하게 느꼈다.

이클레이드가 살아 있다는 건 내게는 너무도 무겁고 버거운 숙제였다.

"조용해서 좋군."

웬일인지 주점은 텅 비어 있었다. 처음 들어올 때만 해도 꽤 북적거리는 느낌이었는데 지금은 개미 새끼 한 마리 없다. 이클레이드가 하수인을 시켜 사람을 내보낸 것인가?

의자에 앉아 뒤로 깊숙이 기댄 이클레이드가 내게 앉으라고 눈짓했다. 나는 누군가가 주위에 있는지 기척을 살펴봤다. 아무도 없었다. 현재 공간 안에는 이클레이드와 나, 단둘만이 존재했다.

"절 만나자고 한 분이 스승님일 줄이야. 전혀 몰랐습니다."

"그럼 누구일 거라고 생각했느냐?"

"브로크웨이가 아니라면 길드탑 쪽의 인물이라고 생각했습니다."

"길드탑이라… 뭐, 어쨌든 그런 건 상관없지. 나와 같이 바이슨으로 돌아가자꾸나."

"아! 제 군사들은 어떻게 되었습니까?"

"모두 무사해."

나는 안도의 한숨을 쉬었다.

"한데 한 가지 궁금한 게 있구나."

온몸의 털 하나하나가 쭈뼛 서게 만드는 그의 냉기 가득한 눈빛이 내 심장을 관통했다.

"2천 체계는 넘었느냐?"

마치 예상하고 있었다는 듯한 눈빛.

어쩌면 거짓말이었을지도 모른다.

2천 체계를 넘지 못하면 마법을 잃을 것이라는 것이 거짓말일지도 몰라!

그 사실을 예측하자 온몸에 힘이 풀렸다.

시선이 흔들리는 것을 애써 잡아야 했다.

나는 잠깐 고민하다가 있는 사실을 그대로 말하기로 했다. 그에게 마법적 사실을 숨긴다는 것 자체가 위험 요소를 만들어내는 것일 테니.

"넘었습니다."

그가 환하게 웃었다.

"대단하구나. 그럼 2,500체계에 대한……."

"스승님, 제가 틀린 것일지는 모르겠으나 2천 체계를 넘어서게 되면 체계에 있어 숫자란 필요없다고 느꼈으며, 확인했습니다. 만약 저를 시험할 생각이셨다면……."

"끌끌끌, 맞아, 맞아. 2천 체계를 넘게 되면 더 이상 마법체계에 있어 숫자란 무의미. 드디어 네가 진정한 체계의 마법사가 되었구나."

"그렇습니까?"

"그런데 표정이 밝지 않구나. 기쁘지 않은 거냐?"

"2천 체계를 넘은 만큼 더 큰 힘을 공부하기 위해선 지금까지의 노력과는 비교도 안 되는 만큼의 노력이 필요할 것입니다."

"두려운 거군."

"아니라면 거짓말이겠죠."

나는 분명 두려웠다.

체계의 마법도, 지금 내 눈앞에서 숨쉬고 있는 이 거대한 악마도.

"사실 내가 너를 여기서 만난 이유는 바이슨으로 돌아가면 바빠질 테니 이쯤에서 말해두는 게 좋을 것 같아서다."

"무엇입니까?'

나는 두려웠다.

지금 그가 내 심장을 가져가기 위해 손을 뻗는다면, 어쩌면 나는 아무것도 하지 못하고 죽음을 기다려야 할지도 모른다. 그 정도로 아직 나는 그에게 마법적 실력에 미치지 못했으니까. 이무기가 용을 이길 수는 없었다.

"사실 나는 그동안 많은 후계자를 키웠고, 그 과정에 있어 절대 존재해서는 안 되는 실패작들을 만들어내 왔다."

드디어 실토하는군.

"그리고 마지막으로 선택된 네가 바로 마법체계를 성공한 유일한 녀석이었지. 그 점에 있어서는 나도 놀랐어. 불가능할 거라고만 생각했는데."

불가능? 엄청난 수의 인간을 인간이 아닌 존재로 만들어 버린 당신이야말로 인간이 아닌 악마다.

"그런 괴로운 과정이 있었지만, 내 뒤를 이을 수 있는 후계자가 생겼다는 것은 내게 한없는 기쁨이 되었지."

그가 인자한 눈빛으로 나를 응시했다. 절대로 적응될 수 없는 눈빛이었다.

"이제부터 네가 내 유일한 후계자임을 명심하거라. 내가 죽는 그날까지 너를 뒷받침해 줄 것이며, 든든한 힘이 되어줄 것이다."

진심일까, 거짓일까? 헷갈렸다. 그의 눈빛만 보자면 두말할 것없이 진심이었다. 하지만 늙은 능구렁이의 속마음은 그 누구도 모른다.

나는 철저히 그를 의심하고 모든 것을 경계해야 할 것이다.

그래야 내가 살아남는다.

스승과 제자의 더러운 먹이사슬.

나는 그의 흐릿한 목적을 뚜렷하게 파헤치고 세상에 우뚝 설 군주가 될 것이다. 반드시!

"감사합니다. 많은 가르침과 힘이 되어주십시오."

"왜 아니겠느냐."

그는 깊은 숨을 내쉬며 눈을 지그시 감았다.

"좀 피곤하구나. 오늘은 이만 쉬고, 내일부터 바이슨으로 출발하도록 하자."

그가 내 심장을 탈취할 시기가 애매모호해졌다. 나는 2천 체계를 넘어섰다. 그렇기에, 더 발전 가능성이 있기에 좀 더 영양가있는 내 심장을 먹겠다는 목적일까?

내게 있어 이클레이드의 타이밍이 가장 중요한 생명적 신호였다. 바이슨으로 돌아가는 길에 있어서 단 한시도 긴장을 놓쳐서는 안 된다.

관찰해야겠다.

그가 어떤 행동과 목적을 가지고 있는지 무슨 수를 써서라도 알아내야 해. 유도 질문이든 뭐든 무엇이든 동원해서 그에게 정보를 캐내야 한다.

쉽진 않을 것이다. 그런 식의 질문은 위험성도 내포할 것이지만, 피해갈 수 없는 관문이었다.

하지만 방법은 그것뿐.

내 더러운 운명을 믿어보는 수밖에.

Chapter 42
귀환

1

　하룻밤 더 묵고 가자는 이클레이드의 제안을 뿌리치고 서둘렀다. 시간은 금이다. 나는 체계마법으로 인해 급격히 마력을 소실한 것 말고는 피곤함을 거의 느끼지 못한다. 때문에 의미없이 시간을 낭비할 필요는 없었다.

　처음 그를 만났던 술집을 나서면서 이클레이드가 내게 빵을 건넸다. 어릴 적부터 지겹도록 먹어온 그 빵이었다.

　"예전부터 물어보고 싶었는데 말입니다. 이 빵, 대체 정체가 뭐죠?"

　머리끝부터 발끝까지 로브로 몸을 완전히 감춘 이클레이드는 하늘을 올려다보다가 내 질문에 대답했다.

"외부 신체적 능력의 한계치를 훨씬 넘기게 해준다. 더 듣고 싶으냐?"

"됐습니다. 스승님이 만드신 건가요?"

"그렇지."

"부작용은?"

이클레이드의 눈매가 로브 안에서 매섭게 번쩍였다. 마치 날카롭고 예리한 칼날이 빛에 반짝이는 것 같았다.

"있을 리가 있겠느냐."

섬칫했다.

사방에서 쏟아진 바늘이 몸을 찌르는 느낌. 등에서 식은땀 한줄기가 섬뜩하게 흘러내렸다. 등골과 뒷목이 시원한 이 느낌을 아마 바이슨에 도착하기 전에 무감각해질 정도로 많이 겪을지도 모르겠다.

간은 커지겠어.

"나 혼자서 워프하는 건 상관없지만, 너와 동시에 마법을 시행하기엔 혹시 모를 위험성이 존재한다. 때문에 같이 동행해야겠군."

"그렇습니까? 그럼 바이슨으로 돌아가는 데 꽤 시간이 걸리겠군요."

"사막만 건너면 바로 바이슨이지. 오래 걸리진 않겠어."

"그렇군요. 일단 사막을 건널 이동 수단을 구해올까요?"

"미리 준비해 놓았다. 따라오너라."

이클레이드를 따라가길 약 10여 분.

입이 절로 벌어지는 말 두 마리가 기다리고 있었다.

"오셨습니까? 헤헤."

간사해 보이는 콧수염의 마른 사내가 우리를 반겼다. 넉살 좋게 웃으며 이클레이드에게 돈을 받아 챙긴 그는 말고삐를 넘겼다. 이클레이드의 눈짓에 나는 곧장 말의 안장 위로 올라 탔다.

"어떠냐?"

"말에 대해서 많이 아는 것은 아닙니다마는, 한눈에 보기에도 굉장해 보이는 녀석이군요."

"아주 특별한 녀석들이지."

안장 옆에는 물통이 있었고, 나는 딱히 짐이랄 것도 없었기에 사막을 건너는 것이 그리 크게 힘들 것 같지는 않았다.

"이랴!"

나와 이클레이드는 지체없이 사막을 가로지르기 시작했다.

2

도시를 나와 사막의 초입에 들어오자 후끈한 열기가 온몸을 달구었다. 아지랑이마저 풀풀 피어올라서 현기증을 느낄 정도였다.

정말이지 신비한 곳.

길드탑에서 사막이 있는 여기까지의 거리라고 해봐야 약 이틀 정도의 거리다. 그런데도 불구하고 이런 날씨 차이라니.

마치 대륙의 정반대 부분으로 워프한 듯한 기분이었다.

찌는 듯한 더위에 벌써부터 땀이 줄줄 흘렀다.

괴물 같은 이클레이드는 땀은커녕 오히려 시원해 보이는 얼굴이었다. 나도 꽤 괴로워져서 마나를 이용해 더운 공기를 차단시켰다. 그러자 몸이 상당히 시원해졌다.

마력적 지출도 거의 찾아볼 수 없을 정도로 극미했기에 사막을 건너는 동안만이라도 마나를 계속 가동시켜야 할 것 같았다.

"사막에는 여러 괴물들이 있지."

그의 갑작스런 말에 나는 먹던 물을 내려놓고 고개를 들었다.

"하지만 그런 괴물들이 내 눈앞에 나타나는 건 재앙."

왜 아니겠는가.

재앙이 아닌 날벼락이다.

그런데 그 날벼락이 지금 떨어졌다. 우리 앞에 고작해야 3마리의 스콜피온(거대한 전갈)이 다가온 것이다. 일반적인 상인이나 군사들이라면 파랗게 질린 얼굴이 되겠지만.

나는 저놈들이 불쌍해 보였다.

저들도 먹고살려고 저러는 것일지언데…….

이런 상황에서 흉악한 스콜피온에게 이런 감정을 지니는 사람이 나 말고 또 있을까.

영문을 알 수 없는 마력의 움직임.

그 찰나의 마나력을 느꼈을 때, 스콜피온 한 마리의 몸뚱이가 산산조각이 났다.

쾅!

짧은 폭발음과 동시에 한 스콜피온의 몸뚱이가 날아가자 동료들도 지능이 있는지 두려움을 느끼는 모양이었다. 어찌할 바를 못하고 허둥거리는 그것들도 이내 먼지가 되어 흩날리고 재만 남도록 타버리고 말았다.

눈앞에서 보았지만 정말이지 현존하는 악마라고 해도 될 만큼 짧은 순간에 악몽을 현실로 만들어 버린다. 주문을 외우는 것도 없었다.

그저 손을 살짝 휘젓는 것이 끝이었던 것이다.

"제가 스승님을 뛰어넘을 수 있을까요?"

스콜피온의 시체를 지나면서 내가 나 자신도 모르게 물은 질문이다.

이클레이드는 대답하지 않았다.

침묵.

때론 침묵은 긍정이지만, 가능성이 없는 질문에 일체 대답하지 않는 스승님에게 있어서는 그것은 전혀 다른 의미였다.

달그락달그락!

"이보시오!"

이 드넓은 사막에 사람?

뒤를 돌아보니 약 10여 명이 말을 타고 이곳으로 달려오고 있었다. 뿌연 먼지를 대동시키며 우리에게 다가온 그들은 9명의 남성과 한 명의 여성으로 이루어진 그룹이었다.

이클레이드의 목소리가 머릿속에서 울렸다.

"나는 개입하고 싶지 않다. 가서 무슨 일인지 알아보거라."

"무슨 일이오?"

내가 의심스러운 눈빛으로 그들을 보며 묻자 곱게 자란 것으로 보이는 금발의 한 사내는 긴장감이 역력한 목소리로 대답했다.

"스콜피온을 물리치는 것을 우연찮게 보게 되었소. 혹시 가는 길이 같다면 동행하고 싶소. 혼자보단 무리를 짓는 것이 훨씬 안전……."

"우리는 별로 그런 것에 구애받지 않는 사람들입니다."

침을 꿀꺽 삼킨 사내는 눈치를 살피다가 이내 무언가를 결심을 한 듯했다.

"솔직히 말씀드리겠소. 그대들의 도움이 필요하오."

나는 적당한 거래 방법을 이야기했다.

"조건을 하나 걸죠."

"어떤… 조건이오?"

"그대들의 식량 절반을 우리에게 내어준다면 기꺼이 동행해 드리도록 하겠습니다."

사실 사막을 건너면서 꽤나 걱정했던 게 몰은 챙겼는데 식량은 챙겨두지 못한 것이었다. 알고 보니 이클레이드는 먹는 게 없어도 충분히 견딜 수 있는 괴물이었지만, 나는 절대로 그렇지가 않았다.

"저런 무엄한 사람을 봤나. 그런 말도 안 되는……!"

꽤 무리한 조건이었던가? 하지만 힘을 빌리는 주제에 저런 자세라니. 속이 꽤 답답해져 왔다. 살인 욕구를 느낀 것이다. 억눌러야지. 아무리 체계의 마도사라고 스스로 인정했지만 살인귀가 되기는 싫었다.

금발의 사내가 손을 올려 중재를 취하자 끼어들었던 몸 좋은 사내가 입을 닫았다. 하지만 뜨거운 눈길은 여전히 나를 향해 있었다.

순간 생지옥을 겪게 만들고 싶었지만 괜히 긁어 부스럼을 남기기가 싫었다.

"도움을 취하는 입장치고는 태도가 영 불성실하군요. 상황을 좀 자각했으면 합니다."

8명의 사내들이 모두 손잡이에 검을 가져갔다. 금발의 사내가 다시 제지시킨 후에야 그들은 손을 거두었다. 검을 잡아본 적도 없어 보이는 깨끗한 손을 가진 이 사내가 우두머리인 모양이다.

"알겠소. 문제를 일으킬 생각은 없으니 동행만 해주시오."

나는 고개를 끄덕이며 하늘을 올려다보았다.

"곧 날이 저물 듯하니 약 300피르만 더 걷고 휴식을 취하도록 합시다."

금발의 사내가 고개를 끄덕이며 자신을 밝혔다.

"전 북부 토리안의 소영주, 아이크작이라고 합니다."

"전 로크라고 합니다."

"성은……?"

항상 통성명할 때 겪어왔던 거의 반자동적인 질문이었다.

나는 귀찮은 게 싫었다.

"마법사입니다."

"아……."

아이크작은 놀란 얼굴로 고개를 끄덕였다.

뒤에 서 있는 건장한 사내들은 내가 마법사라는 사실 때문인지 나를 보는 눈빛이 좀 전과는 상당히 달라져 있었다.

"제가 앞장서도록 하겠습니다. 그만 출발하도록 하죠."

아이크작이 앞서 걸어가기 시작했다.

후, 어쨌든 굶어 죽을 일은 면했군.

천만다행이었다.

3

모래 바람이 가장 적게 부는 시간내란 긴 없다. 밤이 깊고, 바람이 크게 불지 않았기에 우리는 지금 시간대에 휴식을 취하기로 했다.

밤이라 온도가 조금 낮아지긴 했지만 그래도 사막이다. 뜨겁게 달구어진 모래가 숨을 답답하게 만든다. 나는 마나를 이용해 몸을 시원하게 만들었다.

피부에 아주 얇게 얼음 입자를 만들면 그다지 큰 더위를 느끼지 않는다. 하지만 나와 이클레이드를 제외한 이들은 모두 찜통에 들어가 있는 것처럼 땀을 쭉쭉 흘리고 있었다.

"귀찮은 놈들이 끼어들었군."

이클레이드는 그들이 마음에 들지 않는 듯했다. 마치 귀찮은 짐 덩어리를 떠안은 듯한 얼굴이었다.

"하지만 식량을 구했잖아요. 하마터면 전 굶어 죽을 뻔했습니다."

"물만 있으면 적어도 일주일은 견딘다. 게다가 우린 3일 안에 도착해. 그 정도 가지고 엄살을 피다니. 그동안 네가 겪은 고초는 모두 헛것이었나 보구나."

나는 피식 웃었다.

"이왕이면 편한 게 좋지 않겠습니까. 뭣 하러 사서 고생을 하겠습니까."

이클레이드가 길쭉하게 웃었다.

"말대답이 아주 수준급이구나."

등이 서늘했다.

"죄, 죄송합니다."

"다 큰 녀석을 팰 수도 없는 노릇이니 앞으로 말조심하거라. 여차하면 기분 탓에 죽여 버릴 수도 있으니."

이런저런 핑계를 대며 언젠가는 내 심장을 취할 것이다.

생명의 시기를 늘린다라…….

한 번 책에서 본 적은 있다.

동방이라는 곳에는 불로장생이라 하여 영원한 삶을 누리려는 말도 안 되는 묘약이 있어 그것을 차지하기 위해 서로 죽고 죽이는 혈전을 벌인다고 한다.

하늘을 거스르는 일을 이 영감이 저지르려 하는 것이다.

"후, 무지하게 덥구려. 그대는 이 사막의 날씨가 전혀 무덥지 않은 모양이오."

땀 한 방울 흘리지 않는 날 보는 그는 꽤 부러운 시선이었다. 소영주 아이크작이라…….

"이럴 때 아니면 언제 능력을 쓰겠습니까."

"마법 때문에 더위를 이기는 것이오?"

나는 고개를 끄덕였다.

그는 당당하게 부탁했다.

"우리도 더위를 이길 수 있게끔 도와주시오."

"대가는?"

내 말에 그는 기가 찬다는 얼굴이었다. 마치 '식량의 절반이나 내어주는데 어찌 그리 뻔뻔한가'를 표현하는 표징이었다. 하지만 거래는 동행과 식량.

어디까지나 그뿐이었다.

"나는 그대들의 식량 절반을 얻는 목적으로 동행을 시작한 것입니다. 그대들과 친해지고 싶다거나 인간관계를 맺고 싶은 생각은 없으니, 거래 조건이 없다면 그만 물러가십시오."

나의 냉정한 말에 그는 어금니를 꽉 깨물었다.

소영주가 어디 가서 이런 대접을 받아봤겠는가.

항상 따뜻한 온기 속에서 자라온 화초였을 텐데.

"못 들은 걸로 해주시오!"

꽤 자존심이 상한 모양인지 자리를 박차고 동료들이 있는 곳으로 돌아갔다. 나는 무표정한 얼굴로 돌아가는 그의 뒷모습을 지켜보았다.

"지쳐 보이는군."

이클레이드가 이죽거렸다. 나는 그 말에 동감하며 중얼거리듯 말했다.

"인간이란 나약하죠. 그래서 제가 강해지고 싶은 것입니다."

"이유가 꼭 그것뿐일까?"

나는 웃었다.

"물론… 아니겠죠."

그들에게 내가 친절을 베풀지 않는 것은 가까워지기 싫은 것도 있지만, 굳이 정체를 모르는 이들과 엮이기가 싫었던 것이 더욱 컸다.

모든 변수는 가장 가까운 곳에서부터 일어난다.

콰아앙!

"으아악!"

"이건 전혀 예상치 못했던 건데… 대체 뭐야?"

3명의 사내가 피를 뿌리며 바닥에 쓰러졌다. 아이크작은 황급히 대열을 정비하고 뒤로 물러났다. 약 20피르 떨어진 거리에서 누군가가 걸어오고 있었다.

옅은 회색천으로 얼굴과 목을 가리고 있었고, 몸에는 하얀 천 옷을 걸치고 있었다. 그의 손에 들려 있는 하얀 장검에선 백색의 빛무리가 아주 가볍지만 예리하게 감돌고 있었다.

"재미있군."

이 사태를 흥미롭다는 듯 지켜보는 이클레이드에게서 긴장감이라고는 눈을 씻고 봐도 찾을 수 없었다.

"좋은 경험이 될 게다. 쓰러뜨려."

그렇게 무책임한 말을 던져 놓곤 인비지를 사용해 모습을 감춘다.

나는 목을 벅벅 긁었다.

휴식을 취해야 서둘러 바이슨으로 도착할 텐데.

이게 웬 날벼락 같은 소동이란 말이냐.

나는 마력을 끌어올려 전투 준비를 마쳤다. 내 몸 주위로 황금색 입자가 미약하게 떠돌았다. 2천 체계를 깨우친 후부터는 마나의 성질이 푸른색에서 지금처럼 황금색을 띠기도 했다.

이러니 저러니해도 마법체계란 건 화려해서 좋단 말야.

"정체를 밝혀라!"

아이크작의 외침에 사내는 우뚝 멈추어 서더니 주위를 둘러보았다. 그리곤 그 시선이 나에게로 향했다.

"숙적! 복수를 갚겠다!"

그의 눈빛이 하얗게 번쩍였다.

퍼버벙!

타오르는 열기를 느낄 수밖에 없는 이 사막이라는 곳에서 나는 냉기를 느꼈다. 폭풍처럼 몰아치는 그의 검풍에 사람들은 기겁하며 물러서기 시작했지만 나는 그럴 형편이 못 됐다.

놈이 집중적으로 노린 목표는 나였으니까.

대체 무슨 원한으로!

나는 그를 기억하지 못했다. 아니, 나는 당신이 누군지조차 몰라!' 라고 소리치고 대화부터 나누고 싶었지만 그의 검은 그럴 생각이 없는 듯 무섭게 치고 들어왔다.

쿠구궁!

그의 힘이 개방되는 동시에 얼굴이 드러났다.

하얀 백발에 하얀 눈!

소름 끼치는 모습이다.

검에서는 빛이 쏟아진다. 나는 마법방어 바리어를 생성했지만 그 벽은 여지없이 무너졌다. 마법방어막이 부서지자 상당한 여파가 밀려들었다.

콰아아앙!

내 발밑으로 엄청난 깊이의 모래 구덩이가 생겨났다. 공중으로 뛰어오른 그의 검에서 새하얀 오러 블레이드를 쏟아졌다.

나는 텔레포트로 이동한 뒤에 약 가로세로 5피르 정도의 화염 덩어리를 던졌다. 태양 같은 뜨거움과 열기로 집체된 이 화염 구를 빛으로 잘라낸다.

빛의 오러블레이드?

강하다.

대체 정체가 뭐냐?!

"으아아아악!"

갑작스런 비명에 나는 깜짝 놀랐다. 분명 상대는 내 눈앞에 있는데 어째서 뒤쪽에서 비명이 들리는 것인지 돌아보니 리자드맨 50여 마리가 무리를 지어 달려오고 있었다.

그야말로 혼비백산한 소영주 아이크작 무리들은 허옇게 질린 얼굴로 어찌할 바를 못하고 있었다.

빠른 상황 처리가 필요했다.

"귀찮은 짐 덩어리들!"

모래 바닥에 손을 푹 집어넣고 주문을 외웠다.

모래를 지배하는 샌드맨.
당신의 거대한 힘 중 일부를 원하나니.
샌드 무브(Sand Move)!

사막의 모래가 파도처럼 일렁이기 시작하더니, 그것은 이내 마치 거대한 파도가 도시를 삼키듯 리자드맨을 덮어버렸다. 그것을 보고 아이크작은 입을 찢어질 듯 벌리며 나를 경외와 두려움이 가득한 시선으로 쳐다보았다.

물론 다른 이들도 그와 별반 다르지 않았다.

마법사란 이렇듯 화려하고 강한 법이지. 그보다…….

퍼어억!

한쪽을 신경 쓰면 그 반대쪽은 빈틈이 생길 수밖에 없는 법.

머리 위를 가까스로 스치고 지나간 오러를 피하며 고개를 들었을 때, 사내의 발이 내 머리를 걸어찼다.

모래 바닥을 구르며 나가떨어졌을 때, 숨 쉴 틈조차 주지 않고 달려든 사내가 내 목을 향해 정확히 검을 아래로 찔러 넣었다.

어떠한 상태에서도 마법이 가능해진 이 시점에서.

나는 꽤 자신감을 얻었는지도 모르겠다.

"붐(Boom)."

콰앙!

엄청난 폭발이 내 몸 주위에서 일어났다.

거대한 불꽃과 연기가 치솟았다.

연기가 걷히자 내 주위는 시커멓게 재로 변한 모래들이 마법의 흔적을 보여주고 있었다.

모든 연기가 사라졌을 때, 몸이 살짝 그을린 사내가 나를 정면으로 응시하고 있었다.

옷은 검게 탔지만 피부는 거의 멀쩡했다.

"브로크웨이!"

그가 코끝을 찡그리며 힘을 꽉 주더니 이내 마력을 집중시키기 시작했다. 몰려드는 긴장감에 온몸의 신경이 끊어질 것 같았다.

쿠구구구구.

주위의 드넓은 모래가 춤을 추듯 출렁였다.

실로 그 장면은 공포였다.

어둠 속에서 출렁이는 저 모래들은 마치 샌드맨의 작은

부하들처럼 마치 웃고 떠드는 괴기스런 몬스터, 그 자체였다.

몸을 웅크린 그가 힘을 개방하는 그 순간은 눈 깜짝할 사이였다. 검을 휘두르는 게 워낙 빨라 잔상을 남긴다.

그의 검에서 쭈욱 뻗어져 나오는 오러 블레이드의 두께는 지금까지 내가 보아온 오러 블레이드 중 가장 위력적이며 위험한 것이었다.

피할 수 없다.

움직이는 순간 몸은 두 동강 나버린다.

나는 내가 가진 마력의 극한에 치닫는 마법 방어막을 생성했다. 그레이트 바리어! 일전에 사용했다가 마력과 컨트롤의 실패로 깨졌던 마법이다. 하지만 지금의 나는 그때와는 달랐다. 그레이트 바리어를 시전하는 것 자체도 크게 어렵지 않았다.

사내의 오러 블레이드와 내 그레이트 바리어가 부딪쳤을 때 소리는 없었다. 오히려 고요했다. 약 5초간 눈을 멀게 만들 정도로 눈부신 빛이 사방으로 퍼졌고, 몸이 튕겨져 나가는 격렬한 통증이 밀려왔다.

콰아아아앙!!

대폭발.

순간 정신을 잃을 뻔했지만, 나는 내가 가진 정신력을 최대한 붙잡았다. 왠지 이 정신을 놓으면 틀림없이 죽을 것 같다는 느낌이 들어서였다.

얼마나 몸이 밀려난 것인지 모르겠다.

주위가 온통 뿌옇다.

'콜록콜록' 기침을 하며 일어났는데, 내 앞가슴은 피로 물들어 있었다. 입에서 피를 토한 모양이다. 현기증을 느끼며 비틀거렸는데, 하얀 연기를 뚫고 하얀 눈을 가진 사내, 그가 달려들었다.

휘이익!

회선을 그리며 예리하게 검이 그어졌다. 나는 반사적으로 상체를 뒤로 뺐다. 검이 가슴을 스쳤다.

'카가강!'

갑옷을 입지 않았다면 생살이 찢어지는 고통을 느껴야 했으리라. 지금 상태에선 나 역시 곧장 마법을 캐스팅하기엔 호흡이 불안정해서 마법을 쓰기가 곤란한 상황이었다.

허리춤에 걸린 검을 꺼내 들어 근접전에 들어갔다. 거의 감각적으로 피해내고 싸워야 했다.

검을 주고받으면서 나는 확실한 기량 차이를 느꼈다.

몸 이곳저곳이 베이면서 피가 흘렀고, 목을 향해 날아오는 검을 몸을 숙여 피하면서 토네이도 윈드를 시전했다.

바닥에서 바람의 칼날이 회오리가 되어 사내에게로 향했다.

퍼버벅!

그의 어깨와 팔, 그리고 다리와 허리가 베여져 나갔다. 꽤 깊은 상처라서 그가 타격을 입었을 때 연이은 마법 공격이 필요했다.

불의 근원이여, 타오르는 불꽃이 되어 큰 힘이 되리라.

"바레스 플레어(Vares Flare)!"

순식간에 그의 몸이 화염으로 뒤덮였다. 고통스런 비명을 흘리는 그의 모습은 참혹했다. 마치 마녀를 불태우는 것처럼 잔인한 광경.

그의 검에서 새하얀 광채가 뿜어져 나오더니 은빛 궤적이 그려졌다. 예술가의 흔적처럼 환상적으로 그어지는 검의 움직임은 하나의 작품이었다.

촤아악!

"컥!"

왼쪽 겨드랑이를 스쳤다.

빗겨 맞았기에 망정이지 정통으로 맞았다면 심장이 두 쪽으로 갈라졌을 공격이었다.

쾅!

기를 폭발시키자 온몸에 타오르던 불들이 단번에 사그라졌다.

"가혹한 운명을 학살한 그대에게 신의 칼날을 전하겠다!"

그는 마치 정의의 사도가 악을 처단하러 온 용사의 대사를 지껄였다. 화전민 마을과 인연이 있는 자인가? 그러기엔 신체적 능력이 너무도 브로크웨이에 가깝다.

정체를 알고 싶었지만, 그는 대화에는 전혀 관심이 없었다.

오로지 나를 죽이는 것에 사념을 다하고 있었다.

힘을 집중시킨 검끝에서 하얀 악령이 착시처럼 보이는 것 같았다. 눈부시게 빛이 나는 그의 검은 또 다른 이면을 보였다. 천사의 날개처럼 새하얀 깃털처럼 피와 빛의 두 가지 색깔을 지닌 채로 내 목을 향해 날아왔다.

나는 긴장하던 근육을 이완시켰다.

마음을 차분하게 가라앉히고 검과 몸을 하나로 일체시켰다.

"유니온(Union)."

몸이 잔상을 남기며 움직인다.

그의 검이 내 귀를 스쳤을 때, 나는 몸을 회전시키며 검을 내 옆구리 뒤쪽으로 밀었다.

부드럽게 들어가는 칼날.

검이 복부를 관통했다.

푸부북!

등에서 새찬 핏줄기가 뿜어져 나왔다.

허리 아래로 피로 가득 적셔진 그는 무너지는 탑처럼 무릎을 꿇었다.

털썩.

혹시 모를 상황을 대비하여 그의 손목을 잘랐다.

서걱!

"크억!"

찔러도 피 한 방울 안 나올 것 같던 이 녀석도 생살을 잘라내자 신음을 흘린다. 그 누구도 고통 앞에서 자유로울 순 없다. 아무리 브로크웨이라곤 해도 그들은 살아 있다.

하나의 생명체.

그렇기에, 신의 창조물을 벗어날 수 없기에 그들은 고통에서 멀어질 수 없었다.

나는 그의 멱살을 잡아 올렸다.

"나를 노린 이유가 뭐야?!"

그가 마지막으로 입을 연 것은 내게 큰 후유증을 남겼다.

"그대는 악마… 시, 신의 엄죄를 받으리라…….."

그리곤 눈을 감았다.

제대로 대화도 채 끝내지 못했는데 눈을 감아버렸다.

멱살을 쥐고 있는 손에서 그의 체중이 느껴진다.

"빌어먹을!"

손에서 힘을 빼자 스르륵 바닥에 몸을 눕히는 그를 보면서 나는 아랫입술을 꽉 깨물었다.

군주가 된들, 썩어 문드러진 내 마음은 어찌한단 말인가.

나는 지독한 현실주의가 된 내 자신이 점점 두려워지는 것만 같았다.

학살자의 손으로 군주에 올라 나는 또 얼마나 많은 양의 피를 손에 적셔야 하는 것일까. 그래, 분명 그의 말대로 나는 신의 벌을……

피할 수 없을 것이다.

4

잠에서 깨어 눈을 떴을 때는 해가 뜨기 직전이었다.

불그스름한 석양이 사막을 비추고 있다. 붉은 모래 위에 서서 멍하니 하늘을 올려다보았다. 뜨거운 대지와 달리 너무 시원해 보였다.

나른함이 느껴져 스트레칭으로 근육을 풀고 있었는데, 누군가 황급히 달려와 내 어깨를 잡았다. 나는 조금 놀라며 돌아봤는데, 곧 울 것 같은 표정으로 한 사내가 나를 똑바로 쳐다보고 있었다.

"세피아가 너무 아파요! 도와주세요!"

약 열일곱 정도로 보이는 아이였다.

세피아라니? 내가 말없이 쳐다보자 그는 나의 손목을 잡고 이끌었다. 뿌리칠 수도 있었지만 나는 그의 절박함이 가슴에 와 닿는 것만 같아 그냥 끌려가 주었다.

소년이 나를 데리고 가 보여주는 바닥 아래에는 식은땀을 흘리는 여인이 있었다.

그녀가 소년이 말한 세피아인 듯했다.

눈을 질끈 감고 거칠게 숨을 쉬고 있었는데, 얼굴이 창백한 게 안쓰러워 보였다. 치료사가 아닌 나로서는 마땅히 아는 게 없어 우선 독을 해독하는 마법을 길어주었고, 힐을 시전했다.

하얀 빛들이 그녀의 몸으로 스며들어 가자 그녀는 조금 편안한 얼굴을 되찾았다.

그걸 본 소년은 침을 꿀걱 삼키더니 내게 큰절을 했다.

"감사합니다! 감사합니다!"

나는 걸어가 그녀의 이마에 손을 대어보았다. 힐을 시전했지만 아직 여전히 열이 있었다.

"동료들을 깨워라. 서둘러야겠다."

"위, 위험한가요?"

"나로서는 알 수 없어. 나는 마법사이지 치료사가 아니다. 시간이 없으니 서둘러."

"예!"

그는 급히 뛰어갔다.

모포를 꽉 여민 채 몸을 가늘게 떠는 그녀는 많이 힘들어 보였다. 그녀의 얼굴에 가득한 땀을 닦아주고 있을 때 세피아의 동료들이 뛰어오고 있었다.

"어떻게 된 겁니까?"

"그건 나중에 이야기하고 서둘러야겠습니다."

바이슨까지는 이틀 정도의 거리지만 서두르면 하루 안에 갈 수 있었다. 말들에게 체력을 보안시킬 약간의 마법만 걸어준다면 충분히 가능했다.

서두르자는 내 말에 동료들은 두말없이 세피아를 부축했다. 땀을 많이 흘리고 힘들어 보이긴 해도 다행히 완전히 정신을 잃진 않은 모양이었다.

나는 이클레이드와 먼저 앞서서 선두로 그들을 이끌었다.

말을 타고 달리면서 이클레이드는 연신 나를 보면서 피식 피식 웃음을 흘렸다.

"왜 그러십니까?"

"너무 모순적이지 않으냐?"

"예?"

내가 이해하지 못하겠다는 듯 쳐다보자 그는 능글맞게 웃었다. 흡사 백 년 묵은 징그러운 엔트의 표정 같아서 온몸에 두드러기가 나버렸다. 어릴 때부터 보아왔지만 도저히 적응이 되지 않았다.

"네놈은 지금처럼 일말의 정의를 추구하여 네 마음의 안식이라 찾겠다는 거냐?"

화전민 마을의 이미지가 떠올랐다.

나는 순간적으로 달리던 말고삐를 잡았다.

히이이잉!

말이 놀란 듯 앞발을 들며 멈춰 섰다.

나보다 조금 앞쪽에서 멈춘 이클레이드가 나를 돌아봤다.

나는 어금니를 꽉 깨물고 그를 노려봤다.

"어쩔 수 없다고 변명할 셈이냐? 넌 권력을 위해 죄 없는 인간을 발판 삼았지."

대꾸할 수 없었다.

그의 냉랭한 말을 맞받아칠 만큼 나는 깨끗하지 않았다.

오히려 정반대에 가깝겠지.

그래 나는 폐수에 가까운 인간이다.

그러나……

"아무리 쓰레기같이 살아왔다고 할지라도 도울 수 있다면 도와주는 게 순리라고 생각합니다."

"하하하! 순리라… 뭐, 그게 마음이 편하다면."

"저를 자극시키시는 것에 이유가 있으십니까?"

"이유라니. 당치 않지. 크큭, 서두르자고, 제자야. 이러다가 예쁘장한 계집애가 죽을지도 모르겠어."

제자라는 말에 온몸이 칼에 난도질당하는 기분이 들었다.

제자가 아니라 먹이겠지.

네놈이 키우는 심장의 식량!

"뭐 하십니까?!"

뒤에서 달려온 사내들은 얼마나 힘들게 뒤쫓아왔는지 얼굴이 벌겋다. 말을 타는 것은, 특히나 엄청난 속력을 낼 때는 엄청난 체력이 수반되어야 한다. 말에게 마법적 능력을 주었으니 그 속도는 가히 말할 것도 없다. 저들도 자신의 능력에 취해 미친 듯이 달릴 테니까.

하지만 보통의 인간들은 이런 말들의 속도에 맞추기란 쉽지 않다. 체력이 뒷받침되지 못하는 것이다. 안전하게 고삐를 잡고 말을 컨트롤하기에는 아무리 말을 타는 데 능숙하다고 할지라도 힘들기 마련이다. 나야 먹어온 빵도 있고, 자체적인 힐과 여러 가지 기술을 쓰면 말을 타는 데에 있어 크게 지장이 없었다. 하지만 나와 이클레이드가 아닌 그들은 상당히 힘들었던 모양이다. 밥도 안 먹고 장장 7시간을 내내 달렸다.

거의 인간적 한계에 치달았을 것일지언데 동료를 위해 군말없이 내 뒤를 쫓은 것이다.

"쉬어 가도록 하죠."

"하지만!"

"당신들이 지쳐 쓰러지면 제가 생각한 시간대에 목표 도착 지점에 안착할 수 없을 겁니다. 휴식을 취하세요."

그들은 뭐라 말하려고 하다가 생각을 해보니 자신들이 짐이 될 수도 있을 거라는 판단을 한 모양이었다. 숨을 고르고 말에서 내려 세피아를 살피러 뛰어갔다.

말에서 내려 냉기가 풀풀 날리는 얼음 조각을 하나 만들었다. 시원했다. 얼음으로 손수건을 차갑게 만든 후 얼굴을 닦았다. 상당히 시원했다.

"마법이란 건 정말 편리합니다."

내 말에 이클레이드는 쿡쿡 웃었다. 요즘 들어 웃음이 많아 졌다. 망령이 났나? 그럴 리가. 저 영감탱이가 미친다면 세상 은 파멸로 치닫는 데 약 한 시간도 걸리지 않을 게 틀림없다. 대륙의 운명을 송두리째 바꿔 버릴 만큼 그는 강했다. 그런 그가 내 심장을 노리고 있으니 실로 현재의 내 심정은 진정 미칠 노릇이었다.

불안과 초조함이 공존하며 내 가슴을 두드린다.

그를 넘어서야 내가 살아남는다.

그러기 위해선 나 혼자서는 불가능했다.

권력을 만들어 그를 함정에 빠뜨리게 만드는 것.

그것이 천 년 먹은 저 망할 영감을 없애는 유일한 방법이었 다.

바이슨에는 강한 자가 넘쳐흐른다.

표면적으로 드러내지 않는 바이슨의 기사는 물론이며, 대 공과 국왕의 실력도 만만치 않았다. 이클레이드는 공공의 적 이었다. 그의 강력한 힘에 의해 지금은 아래에 두고 있지만, 언제고 위협이 될 수 있는 존재이기에 가까이할 수 없는 그런 존재. 때문에 그를 노리고 있는 자가 많다는 것은 하늘이 내 린 기회였다.

"로크야."

"네?"

목소리가 포근했다.

요즘 들어 이 영감이 내 심장을 먹으려고 수작을 부리는 건지 부쩍 말투와 어감이 달라졌다. 마치 어린양에게 정을 주는 것처럼 그는 나에게 그동안 보여주지 않았던 눈빛과 목소리를 느끼게 했다. 아주 어릴 적부터 그런 정을 주고 키워주지 않은 게 오히려 고마웠다. 만약 그랬다면 나는 꼼짝없이 속아 넘어가 내 심장을 고이 내어줘야만 했을 테니까.

그의 목소리와 눈빛.

그것이 가식이라는 것을 알면서도 나는 괴로웠다. 부모가 없었기에 가장 가까운 인연이라고는, 아니, 악연이라고는 바로 그 이클레이드밖에 없었기 때문이다.

5

나는 하반신에 감각이 없을 정도로 내달렸을 이 사내들을 아주 조금 존경했다. 자신의 동료를 위해 온몸을 불사르는 이 순간은 한 편의 소설처럼 멋진 광경이었다.

자신들의 동료 때문에 어쩔 수 없이 머리카락을 휘날리며 달려가는 그들과는 헤어짐의 인사도 제대로 하지 못한 채 이별해야 했다. 비록 짧은 만남이었지만 왠지 아쉬움과 정이 겹쳐 가슴이 아릿한 기분이 들었다.

이제 외로움과 쓸쓸함이 무뎌질 만도 한데 이놈의 몸뚱어리의 근본이 인간이다 보니 아무리 한계치를 넘겨도 어쩔 수가 없는 모양이다. 그리고 나는 달려가던 사내들 중 나를 돌아본 아이크작의 눈빛이 기억에 남을 듯싶었다.

비록 그와의 첫 만남에서 난 냉정한 말을 했지만 결국 그들은 나에게 빚을 진 셈이었다. '언제고 그 빚을 갚겠소' 같은 눈빛이어서 아마도 나는 그와 인연이 있다면 또 다른 만남을 기약할 수 있을지도 모르겠다는 생각이 자꾸 들었다. 적어도 한 번 보고 말 인연은 아닌 것처럼 어쩌면 악연이 될지도 모르겠지만, 분명 적어도 다시 한 번은 만날 것 같은 운명적 예감이 들었다.

그때는 지금의 어린 티는 모두 벗어버린 뒤겠지.

"하아, 바이슨의 공기는 여전히 좋구나."

이클레이드는 폐부 깊숙이 숨을 들이마시고는 앞장서서 걸었다. 나는 그의 뒤를 따르면서 조심히 물었다.

"바이슨 왕국 안으로 귀환하면 저는 어떻게 될까요?"

"내 자리를 너에게 물려주도록 하마."

나는 깜짝 놀랐다. 심장에 폭발물을 달아놓은 것처럼 맥박이 무섭도록 뛰었다. 그는 지금 대궁정마법사의 자리를 내어놓겠다고 말한 것이다. 그것은 실로 엄청난 의미를 가진다. 대궁정마법사의 위치는 거의 대공과 맞먹는 계급인 것이다.

"그리고 네 뒤를 내가 받쳐 주마. 나는 네가 무엇을 노리는 지 알고 있다. 내가 너의 가장 강한 방패가 되어줄 것이야."

게다가 이클레이드라는 거성이 내 배경이라니.

꽤나 골치 아픈 정치적 싸움이 있어야 할 거라고 생각했는 데 일이 너무 쉽게 풀렸다.

하! 대궁정마법사라니.

권력적인 부분에 있는 모든 문제가 사라지게 생겼다. 하지 만······

"그들이 인정할까요? 제가 대궁정마법사의 위치에 오르는 것을 말입니다."

"흥! 내가 은퇴하고 그 자리를 제자에게 물려주겠다는데 누가 무슨 말을 할 수 있단 말이냐."

"그건 그렇습니다만, 워낙 큰 자리이니만큼······."

"신경 쓸 거 없다. 사내놈이 그리 간이 작아서야 무슨 일을 도모하겠느냐."

나는 침묵하며 고개를 숙였다.

그는 나의 가장 강력한 배경인 동시에 가장 위험한 칼이었 다.

품속에 숨겨둔 그의 서슬 퍼런 날이 언제 나를 향해 위협할 지 모르는 이 상황에서 나는 오히려 불안을 떨칠 수 없을 것 이다.

이런 내 감정을 어떻게 눈치 챈 것인지 이클레이드의 말에 등골이 서늘했다.

"혹시 나를 못 믿는 게냐, 로크!"

나는 고개를 번쩍 들었다.

그의 강인한 눈빛이 온몸을 찍어누를 듯한 기세로 나를 향하고 있었다. 그는 내 양어깨를 손으로 움켜잡았다.

"네놈이 다른 이들에게 무슨 말을 들었는지는 모르겠으나, 넌 하나밖에 없는 나의 유일한 제자다. 지금의 너를 있게 해준 나의 은덕을 배신으로 갚을 생각이더냐?!"

그의 눈빛을 보고 나는 뭐라 말할 수 없었다.

혼란스러웠다. 그의 이런 말과 행동이. 그리고 이클레이드의 말대로 다른 이들에게 들었던 그의 이야기도 과장된 것일 수도 있었다. 어쩌면 나는 나를 진심으로 위해주는 스승을 죽일지도 모르는 것이다.

"단 하나만 기억하거라. 난 절대 네놈을 배신하지 않아!"

"물론입니다, 스승님."

내 대답에 그는 거칠어진 호흡을 가다듬고 앞장서서 걸었다.

"왕국이 코앞이다. 감정이 흔들려선 안 돼. 너는 내일부로 대궁정마법사의 자리를 위임받을 이클레이드의 수제자다. 알겠느냐?!"

그의 무거운 카리스마가 내 등을 후려치는 것만 같았다.

"예!"

6

바이슨의 거대하고 굳건한 성문 앞에서 나는 묘한 감정이 들었다. 나는 저 안으로 들어가 대궁정마법사의 자리를 받음과 동시에 세계적으로 영향력을 과시하는 마도사가 될 것이다.

장밋빛 미래가 보이는 지금 이 순간을 나는 아마 잊지 못할 것이다.

이클레이드가 군사들과 이야기를 마치자 거대한 성문이 열리기 시작했다.

쿠구구궁!

쇳소리와 함께 내려오는 성문은 웅장하게 바이슨으로 들어가는 입구를 드러냈다. 드디어 바이슨으로 돌아온 것을 피부로 실감했다. 안으로 들어가자 생각했던 것보다 너무 넓었다. 그러니까 지금 시간대에 본래 성 내부를 지키는 기본적인 군사들의 병력조차 보이지 않았던 것이다.

드르르륵!

뒤에서 난 큰 소리에 고개를 돌려 보니 성문이 닫히고 있었다. 뭔가 불안한 느낌이 들었다. 앞서 뚜벅뚜벅 걸어간 이클레이드가 휙 나를 뒤돌아보았다. 더 이상 바이슨으로 들어오기 전 내게 보여주었던 그 눈빛이 아니었다. 어릴 적 처음 나를 잡아왔던 눈빛, 무감정한 얼굴. 나는 순간 온몸에 소름이 쫘악 끼쳤다.

"뭐, 뭡니까?"

그가 한심하다는 듯 나를 보며 혀를 찼다.

"네놈은 나이를 처먹어도 그 멍청한 두뇌는 어쩔 수기 없는 모양이구나."

"무슨 소립니까?!"

"쯔쯧, 한심한 놈."

꿈이었으면 좋겠다고 생각했다. 그가 나를 노리기에는 너무 이르잖아. 게다가 바이슨의 성 내부에서 내 심장을 해치우겠다고? 그건 말이 안 된다.

나는 갑작스레 귀를 찢는 위이잉거리는 소리에 귀를 막았다. 내 발아래에서 수십 줄의 빛줄기가 그려졌다. 그것은 마법진이 형성되는 순간이었다. 곧장 그 자리를 벗어나려는 순간 두 개의 하얀빛의 손이 내 발목을 붙잡았다.

내가 영문을 모르겠다는 눈으로 그를 보았을 때, 이클레이드의 뒤쪽에서 누군가가 걸어왔다. 이클레이드가 뉘로 시선을 줌과 동시에 얼굴을 드러낸 이는 장 얀느!

"내가 네놈에게 드워프 광산으로 보낸 것은 이 녀석을 만나게 한 것임을 애초에 편지에 적었지. 장 얀느는 너를 감시하는 역할을 하기에 적당했어. 똑똑한 두뇌를 가졌기에 너를 요리하기엔 꽤 유용했어. 네놈의 모든 정보는 장 얀느를 통해 입수할 수 있었다."

막대한 양의 마력을 가진 마법진은 이미 내가 통제할 수 없을 만큼이 되어버리고 말았다. 나는 체념한 얼굴로 이클레이드를 노려봤다.

"내가 생각했던 것보다 훨씬 강력한 마법진을 알고 있었구나, 장 얀느."

그는 대답하지 않았다.

그저 한없이 차가운 눈으로 나를 보고 있었다.

일말의 감정도 없는 눈이었다.

나는 큭큭거리며 웃었다. 감정이 과도하게 무너지니 웃음이 나온다. 내 자신에게 너무도 분해서 메말라 버린 눈물로는 지금의 심정을 표현할 수 없었다.

예상했던 것이지만 너무 빠른 시기였다.

계산과 타이밍을 역이용한 이클레이드에게 나는 완전히 당한 것이다.

곧이어 판금 갑옷을 입은 기사들이 우르르 달려왔다.

"전쟁에 있어 치명적인 군사적 손실을 일으킨 로크. 그대를 바이슨 얼음 감옥에 투하하라는 국왕 전하의 어명이시다. 당장 체포하라!"

"소, 손실이라니?!"

이클레이드의 차가운 음성이 머릿속을 울렸다.

"네가 길드탑에 3일 동안 갇혔을 때 네놈과 함께했던 모든 군사들은 내 손에 죽었다. 모든 책임은 네가 책임지게끔 조금 손을 썼지."

"이클레이드!"

내가 악에 받친 고함을 질렀을 때, 군사들이 차가운 마법 족쇄를 손목과 몸, 그리고 발목에 채웠다. 이미 마법진으로 인해 내가 가진 마력과 마나를 통제당한 상태라 나는 일말의 반항도 하지 못한 채 무력하게 잡혀야 했다.

"뭐, 이제 필요는 없겠지만 마지막으로 충고를 하나 하마. 인간은 말이다, 믿는 게 아니라 이용을 해야 하는 게야. 그게 어떠한 방법이 되었든 말이지. 크크크큭."

"끌고 가!"

이클레이드의 카랑카랑한 음성이 내 귀와 심장을 베었다.

*　　　*　　　*

얼음 감옥은 일생 동안 살아오면서 겪은 고통 중 가장 큰 것으로 기억될 것이다. 아니, 얼마 후면 저승에서 그를 저주하고 있겠지.

입술은 파랗게 질렸고, 얼굴은 푸르죽죽하다. 속은 말할 것도 없고 온몸이 만신창이다. 마나를 느끼지 못하니 체력이 기하급수적으로 떨어졌다.

얼음 감옥은 말 그대로 얼음으로 만들어진 감옥이다. 대역 죄인이 아니라면 투옥하지 않는 곳으로 유명한 바이슨 지하 얼음 감옥에 갇힌 것이다.

어릴 적에나 느꼈던 엄청난 추위가 내 온몸을 잠식했다. 인간이 견딜 수 있는 추위의 한계를 시험하는 것도 아니고, 대체 이런 감옥을 만든 왕의 정신 상태를 뜯어보고 싶다. 차라리 일찍 죽이던가. 죽기 전까지 이런 괴로운 고통을 맛보게 하는 잔인한 그의 성질은 이클레이드와 다를 바 없었다.

이클레이드!

그래, 이클레이드가 만들었을지도 모른다.

나는 동상이 걸린 손과 발 때문에 비참하게 몸을 웅크려야 했다. 가늘게 뜬 눈으로 주위를 살펴봐도 굳게 닫힌 이 얼음 감옥을 벗어날 방법은 없었다. 내 팔목과 발목을 채운 마법 족쇄의 힘은 실로 엄청난 기술로 만들어진 거라 도저히 이 족쇄를 끊을 방법이 없었다.

지금쯤 록 켄드와 베놈, 그리고 아이얀느는 어떻게 되었을까. 왠지 끔찍한 상상이 머릿속에 드는 것만 같아 나는 세차게 고개를 저었다.

나는 분을 참지 못하고 벽에 머리를 쾅쾅! 박았다. 죄 없는 화전민 사람들을 죽여가며 온 곳이었다. 나 혼자만 마음속에 야망을 키우면 될 거라고 생각했지만, 천 년 묵은 이무기 같은 임금의 눈을 피할 수는 없었던 모양인가.

이클레이드는 임금의 심복일지도 몰라. 어떻게 해야 이곳을 탈출할 수 있을까.

나는 두뇌를 끊임없이 회전시키며 방법을 찾기 위해 노력했다. 그러다가 입구 근처에서 앉아 꾸벅꾸벅 졸고 있는 사내에게로 시선을 돌렸다. 그는 얼음 감옥의 수위를 맡았는지 온몸에 털로 된 옷으로 거의 몸을 휘감다시피 하고 있었다. 너무도 따뜻해 보였다. 입에서 하얀 입김이 나오는 그의 입을 보면서 나는 심리적으로 더욱 큰 추위를 느껴야만 했다.

"이보시오."

내 목소리에 살짝 눈을 뜬 그가 내게로 고개를 돌렸다. 그리고 그의 인상이 확 일그러졌다. 왜 말을 걸었느냐 식의 시비가 가득한 얼굴이었다. 달콤한 잠을 깨워서 화가 난 건지 그는 긴 창을 들고 위협적으로 걸어왔다.

"무슨 일이야?"

"대체 내가 무슨 이유로 여길 잡혀온 것입니까?"

"허! 이런 뻔뻔한 놈 좀 보게. 정말 몰라서 묻는 게냐, 아니면 미친 거냐? 그것도 아니면 내게 무슨 수작이라도 걸겠다는 거야?!"

그는 내 행동이 의심스러운지 주위를 둘러보다가 날카로운 창의 칼날 끝을 내 목 쪽으로 들이밀었다.

"수상한 짓을 하면 바로 죽여도 좋다는 명을 받았다. 네놈

목숨은 내 손안에 달렸어."

그는 나를 예전부터 단단히 벼르던 사람처럼 잔혹하게 웃었다.

"난 네놈처럼 뒷배경으로 들어와 설치는 놈들을 가장 증오하지. 네놈은 그 배경 때문에 과한 자리에 올랐지만, 그로 인해 네 인생은 무너졌어. 다 욕심을 부린 업보지."

"업보라니 당치않습니다!"

"아니, 그런데 이 자식이 어딜?!"

퍼어억!

그의 발이 창살을 지나 내 머리를 때렸다.

"일천의 군사를 모두 개죽음으로 내몬 주제에 어찌 인간이 되어 지금 고개를 든단 말이냐!"

"그건 내가 죽인 게 아닙니다!"

"이런 미친놈! 정말 피를 봐야 정신을 차릴 테지!"

그는 이를 악물더니 내 다리에 창을 찔러 넣었다. 창날은 순식간에 내 허벅지를 찢어놓았다.

"아아악!"

정신을 잃을 정도로 너무 아픈 고통이었다. 추위 때문에 얼어 있던 몸에 칼이 들어오자 그 고통은 말로 표현할 수 없었다. 입을 쩌억 벌리고 바닥을 구르는 나를 보며 간수는 승리감에 젖은 듯한 미소를 짓고 있었다.

"3일 후, 네놈이 마시고 있는 이 공기들도 곧 있으면 자유를 찾게 되겠지."

"무, 무슨 소리야?"

"처형 날짜가 정해졌다. 말 그대로 3일 후 넌 죽어."

머릿속이 하얘졌다.

그렇게 빨리? 말도 안 돼!

내 표정을 보고 간수는 비열한 웃음을 디뜨렸다.

"악인의 최후는 늘 이렇듯 추참하고 더러운 법이지."

이렇게 허무하게 끝을 낼 수는 없었다. 적어도 내 손으로
만들어낸 피의 양은 보상받아야 했다. 지울 수 없는 흔적을
남기며 걸어온 이 길이 한순간에 무너져 버린 지금 나에게 길
은 하나였다.

탈출!

머릿속에 떠오른 두 글자는 오직 그것뿐이었다.

하얀 배경 속에 새겨진 두 글자에 내 눈빛이 야수처럼 번쩍
였다. 세상은 죽은 자를 기억하지 않는다. 차라리 난! 세상에
드러난 악마라도 좋았다. 무슨 수를 써서라도 살아남아서 지
옥 같았던 내 과거를 청산할 만한 의미를 찾아야 했다. 그것
이 내가 바이슨으로 향했던 유일한 이유였다.

"이놈이, 눈빛이 아직 살아 있네. 그 몸으로 한번 해보겠다
는 거야, 뭐야? 난 네놈을 죽일 수도 있다고 했을 텐데?"

나는 비틀린 웃음을 지었다.

절대 그럴 리가 없었다.

왜냐면 내 심장은 이클레이드가 먹어치워야 할 소중한 재료거든. 나는 녀석이 감옥 안으로 들어오게 만들기 위해 슬그머니 몸을 뒤로 빼며 그를 자극했다.

"그런 뚱뚱한 몸으로 날 죽이기나 할 수 있을까?"

그는 비만이었다.

발 아래를 보면 발이 보이지 않을 정도로 배가 나왔고, 팔과 다리의 두께는 머리통보다 굵으면 굵었지 얇진 않았다. 그런 그 역시도 자신의 살덩어리에 콤플렉스가 있는지 생각했던 것보다 어쩌면 일이 쉽게 풀릴지도 모른다는 생각이 들었다.

놈은 숨을 거칠게 푸르륵푸르륵 내쉬며 감옥 문의 입구를 열었다. 더 이상 시간을 끌었다간 얼음 감옥으로 인해 몸이 말을 듣지 않게 될 것이다.

오직 한 타이밍.

나는 그것을 노렸다.

어설프게 싸웠다간 정말로 흥분한 놈에게 개죽음을 당할 수 있었다. 신중해야 한다. 정말이지 이럴 때는 장 얀느의 강철의 심장을 빌려오고 싶었다. 하지만 지금 나는 절체절명의 위기였다. 심장이 불이라도 붙은 것같이 뜨거웠다.

현재 마력을 쓸 수도 없고, 몸도 잘 말을 듣지 않는 것은 물론이며, 손과 발이 묶인 상태.

내 예상대로라면 놈은 절대 창을 크게 휘두를 수 없다.

이클레이드가 그렇게 놔둘 리가 없어.

한낱 수위가 대역죄인, 그것도 이클레이드의 수제자의 목숨을 자른다는 건 있을 수가 없는 일이다. 아니, 난 그렇게 믿고 싶었다.

그것이 내가 탈출할 수 있는 유일한 기회였다. 그리고 놈의 허리춤에 걸려 있는 열쇠가 만약 내 손목과 빌을 묶어놓은 족쇄를 푸는 키라면 나는 이 얼음 지옥을 벗어날 수 있었다.

"네놈의 처형은 3일 후가 아니라 오늘 치러야겠구나."

그의 눈빛이 악독하게 물들었다.

퍼어억!

"쿨럭!"

그의 발끝이 복부를 때렸다.

고통이 목을 뚫고 올라왔다.

오장육부가 입 밖으로 쏠리는 기분이었다. 상의를 벗어 던진 그는 양손으로 창을 쥔 채로 다시 한 번 힘을 모았다. 그의 거대한 살들이 파도처럼 출렁였다.

몸이 육중한 관계로 뒤로 발을 빼는 시간도 길었기에 나는 타이밍을 계산하기가 크게 어렵지는 않았다.

쉬이익!

그의 발이 복부를 향해 재차 날아올 때 나는 몸을 뒤로 젖히며 손목을 아래로 내렸다. 간수의 발은 정확히 철로 만들어진 수갑을 때렸다.

얼마나 힘을 실었는지 뻑! 거리는 소리가 났다. 못해도 뼈에 금이 갔을 것이다. 발을 붙잡고 고통에 몸부림치는 그의 발목을 거두어 넘어뜨렸다.

거목이 쓰러지듯 바닥에 넘어진 간수를 향해 나는 온 힘을 다해 팔꿈치로 기어갔다. 그리고 그의 머리 쪽으로 다가간 나는 그의 가슴 위에 앉아 무자비하게 안면을 공격했다.

퍼억! 퍼억! 퍼억!!

철로 된 수갑을 찬 손목에 최대한 무게를 실었다.

그는 얼굴이 뭉개지고 있는 가운데서도 반항하기 위해 자신의 창을 꼬나 쥐고 내 허리를 찔러 버렸다.

"컥!"

입에서 흘러내린 붉은 피가 그의 얼굴 위로 쏟아졌다. 앞이 안 보여 허둥대는 그의 이마를 다시 한 번 가격했다.

퍼어억!

큰 소리와 함께 그제서야 그의 몸이 힘이 빠져 쭈욱 늘어졌다. 나는 정신없이 그의 허리춤에서 열쇠를 빼내 족쇄에 맞춰 보았다. 이클레이드가 족쇄와 수갑에 마력을 통제하는 마법만을 걸어놓은 것은 큰 실수였다.

철컥!

무거운 철 덩어리가 바닥에 떨어져 나가자 나는 진정한 자유가 무엇인지 알 수 있었다. 갇혀 있었던 것은 생각해 보면 그리 긴 시간은 아니었지만 1분이 한 시간 같던 순간이었다. 나는 간수의 신발을 신고 비틀거리며 일어났다.

"아악!"

빌어먹을 간수 새끼!

놈이 창으로 찔렀던 허벅지와 허리의 출혈이 장난이 아니었다. 이런 순간에 현기증과 육체적인 피로도는 그야말로 실로 끔찍했다.

잠깐, 나 마법사잖아? 이런, 멍청하긴.

족쇄가 풀리자 마나가 몸 안으로 들어오는 게 느껴졌다. 나는 재빨리 온몸으로 마나를 받아들인 후, 안정적으로 힐을 시전했다. 상처는 치유되어 갔고, 드디어 나는 웬만큼 몸을 움직이는 데 무리가 없을 정도의 컨디션으로 회복되었다.

바이슨의 지하 얼음 감옥의 규모는 그리 크지 않았다. 계단 위로 올라가 문을 열자 왕성의 복도가 바로 나왔다. 이클레이드가 나를 잡아가기 위해 가장 가까운 곳에 위치한 감옥에 투옥한 걸까? 나는 누가 나를 보기 전에 순식간에 인비지를 사용해 몸을 숨겼다. 그 순간 멀지 않은 곳에서 발자국 소리가 들렸다. 인비지를 사용했음에도 불구하고 심장이 터질 것처럼 두근거렸다. 호흡이 가빠지고 다리가 후들거렸다. 만약 이클레이드라면 끝장이다. 소량의 마나도 느끼는 영감탱이인데 인비지를 썼다고 못 알아볼까. 눈만 가린 바보를 찾지 못할 리가 없는 것처럼 이클레이드에게 인비지는 절대 통하지 않을 것이 분명했다. 나는 숨을 죽이고 동상처럼 굳어버렸다.

『마법체계』 5권에서 계속

E−mail:terey16461@hotmail.com
개인 블로그:*http://thehanma.egloos.com/*

지금 유전자가 말하는 사랑과 성의 관한 솔직 대담한 진실이 펼쳐집니다!

남편의 후광을 등에 업는 것은 까마귀와 인간뿐…

모두에게 바보 취급받던 독신 암컷이 단번에 인생대역전을 해서
서열 1위인 수컷의 아내 자리를 차지하게 될 수도 있다는 말입니다.
모든 여성이 이상형의 남자와 결혼할 수 있는 것은 아닙니다.
적당한 선에서 타협하여 적당한 사람과 결혼하지요.
하지만 솔직히 말해서 당연히 멋진 남자가 더 좋지 않겠습니까?
따라서 여성은 생각합니다.
'그럼 어떻게 하지? 유전자만이라면 가질 수 있어!'
그리하여 장기계획형이나 단기승부형과 같은 여러 가지 방법의
외도가 생겨나는 것입니다.
물론 모든 여성이 이를 실행에 옮기지는 않습니다.

하지만 기회가 있다면 어떨까요?
다른 조건과 이미 타협을 봤다면?
남편이 사소한 일은 눈치 못 채는 둔한 남자라면?
뭔가 유전자의 음모가 느껴지지 않습니까?

실패를 모르는 남자 선택법!
「내 남자친구는 왼손잡이」 법칙

어째서 여성은 왼손잡이 남성에게 마음이 끌리는 걸까요?

여기서 기억해야 할 것은 몸의 좌우와 뇌의 좌우는 원칙적으로 반대 관계라는 점입니다.
따라서 왼손잡이 남성은 우뇌가 발달했습니다.
발달했다는 사실이 왼손잡이를 통해 반영된 것입니다.

그리고 두 번째로 생각해야 할 것은 우뇌는 남성 호르몬의 일종인 테스토스테론에 의해 발달한다는 점입니다.
요약하자면 왼손잡이 남성은 우뇌가 발달했는데, 그것은 테스토스테론 수치가 높기 때문입니다.
그것은 다름 아닌 생식 능력이 높다는 것을 의미하지요.

「내 남자 친구는 왼손잡이」에 감춰진 의미는… 내 남자 친구는 생식 능력이 높아… 인 것입니다.

입소문을 통해 아는 분은 다 알고 계십니다!
올 한해 공인중개사 최고의 화제작!

1~2권 합본 | 이용훈 지음
3~4권 합본 | 이용훈 지음
5~6권 합본 | 이용훈 지음
용어해설 | 이용훈 지음

수험생 기본 필독서
만화 공인중개사

제목 : 만화공인중개사 쓰신 분에게 감사드립니다.

학원을 두 달 다녔어요. 근데 과연 그 숫자 외우기 그런 게 몇 문제나 나올까 생각을 했어요.
아니라는 생각이 드네요. 학원강의를 뒤로하고 서점을 갔어요. 내 머리에 가장 이해될수 있는
책이 없나 하구요. 거기서 만화를 발견했어요. 무조건 세 번 봤어요. 3개월 걸렸어요. 문제집을 보라고
했는데 그건 시행을 못했어요. 근데 합격을 했네요.
어떻게 감사의 말을 해야 될지……
도서관에서 만화책 들고 다니니까 사람들이 비웃더라구요. 만화책으로 공인중개사를 공부한다고
미친 사람처럼 보더라구요. 근데 그거 다 감수하고 했던 내가 자랑스럽습니다.
어떻게 감사의 말을 해야 할지… 정말 감사합니다.
부디 행복하세요. 제 나이 41살에 좋은 스승을 만난 것 같습니다.
엎드려 감사드립니다.

−본사 홈페이지에 독자분이 올린 메일 中에서 발췌−

이명박

기도하는 리더십
이명박의 삶과 신앙 이야기

젊은이들에게 성공 신화의 주역으로 주목받고 있는

이명박!
과연 그 이유를 어디서 찾을 것인가.
그것은 기도하는 삶이었다!

이명박 기도하는 리더십 | 이채윤 지음 280쪽 | 9,900원

기도하는 삶이
지금의 이명박을 만들었다!

leadership

『**이명박 기도하는 리더십**』은 이명박의 탄생과 신앙, 그리고 그간의 업적을 한눈에 볼 수 있는 책이다. 한편으로는 신앙 간증서라고 말할 수도 있겠지만, 이명박의 삶은 신앙과 떨어뜨려 놓고는 생각할 수 없는 관계에 있다.
이 책, 『**이명박 기도하는 리더십**』은 대한민국 성장의 역사, 그 주역이었던 이의 삶을 통하여 이 시대의 젊은이들에게 부족한 정신들을 일깨워 줄 수 있을 것이며, 앞으로 더욱 큰 신화를 만들고 추진해 갈 이명박의 비전을 알고자 하는 이들에게 적합한 서적일 것이다.